夢野久作 少女地獄
ゆめのきゅうさく

少女地獄
梦野久作诡异篇

[日]
梦野久作
著

丁丁虫
译

江苏凤凰文艺出版社
JIANGSU PHOENIX LITERATURE AND
ART PUBLISHING

图书在版编目（CIP）数据

少女地狱：梦野久作诡异篇 /（日）梦野久作著；丁丁虫译 . -- 南京：江苏凤凰文艺出版社，2024.10
 ISBN 978-7-5594-8658-5

Ⅰ.①少… Ⅱ.①梦… ②丁… Ⅲ.①短篇小说 - 小说集 - 日本 - 现代 Ⅳ.① I313.45

中国国家版本馆 CIP 数据核字 (2024) 第 094820 号

少女地狱：梦野久作诡异篇

[日] 梦野久作 著　　丁丁虫 译

责任编辑	白　涵
特约编辑	王世琛
封面设计	人马艺术设计·储平
出版发行	江苏凤凰文艺出版社
	南京市中央路 165 号，邮编：210009
网　址	http://www.jswenyi.com
印　刷	万卷书坊印刷（天津）有限公司
开　本	880 毫米 ×1230 毫米　1/32
印　张	8.5
字　数	198 千字
版　次	2024 年 10 月第 1 版
印　次	2024 年 10 月第 1 次印刷
书　号	ISBN 978-7-5594-8658-5
定　价	49.90 元

江苏凤凰文艺版图书凡印刷、装订错误，可向出版社调换，联系电话：025-83280257

目录

1	妖鼓
55	一足先行
105	怪梦
127	大楼
131	瓶装地狱
145	少女地狱 之 无中生有
217	少女地狱 之 火星之女

少女地狱：梦野久作选异篇

あやかしの鼓

妖鼓

起初是低沉阴郁、毫无余韵的音色，宛如古寺幽林中的夜枭啼鸣。无喜无悲……唯有孤寂。

低沉……啵——啵——

但随着继续敲打……在那「啵——啵——」的声音底部，有种若有似无的余韵……

那种无力、阴郁的深处，留着永不消失的怨怼回声。其中隐含着人类之力无法消除的悲哀执念，恐怕久能自己都未曾意识到。那是向着无间地狱深处下坠，却又不得其死的魂魄哀鸣……是徘徊在八万奈落尽头却得不到超度的幽鬼之声……

我心甚慰,只因揭示"妖鼓"由来的时机终于成熟……

其名为"妖",似是因为鼓身并未采用世间常用的樱树、杜鹃,而是用了"有绫纹的赤樫"。恰好"赤樫"的发音也和能乐中的"妖怪"一词相似。

此鼓不愧是鼓中之妖。鼓皮鼓身看似崭新,实则都是百年前的产物。敲击时音色又与其他鼓不同,发出的不是那种"嘭嘭"的洪亮鼓声,而是阴森森的、毫无余韵的"啵——啵——啵——"声。

迄今为止,据我所知,那声音已然诅咒了六七人,其中四人还是大正时代生人,都因为听了这鼓声而死于非命。①

当今之世,所谓鼓声杀人大约会被视为无稽之谈。在那些受诅咒而死的人中,更有三位因死状怪异而引起关注。调查者将我——音丸久弥——视为凶手也情有可原。毕竟我是最后一位幸存者……

我唯有一愿——无论哪位,请在我死后将这份遗书公之于众。这份遗书或许会被当今的学者嗤笑,但……

乐器之声足以深刻影响人心。如果有人真的理解这一点,自然

---

① 《妖鼓》最初发表于大正十五年(1926年),此句的意思是说其中四人未满十五岁就夭折了。——译者注(后文如无特别说明,均为译者注。)

会相信我之所言。

每念及此,我心中便会腾起熊熊火焰。

距今大约一百年前,京都有个名叫音丸久能的人。

他是显赫之家的妾室之子,生来喜欢弄鼓,未及成年便常去皮匠店搜罗各种皮料,又去木材店物色各式木材,日日以制鼓为乐。他因此而为双亲所不喜,也为世人所蔑视,但他并不在意。后来他娶了町家①的妻子,终于开始以鼓为业,出入显贵之所,还公开将自己的姓氏改为与鼓声相关的"音丸"二字。

久能的出入之处,是姓今大路的堂上方家②。今大路家有位精通小鼓的美人,名曰绫姬。绫姬性情奔放,与各色男子都有往来,甚至传言说她有私生子。久能虽然有妻有子,却在不知不觉间对那位绫姬渐生情愫,不时借助鼓事与绫姬暗通款曲。

绫姬也对久能报以热忱,然而那终究只是一时欢愉。没过多久,绫姬嫁给了同为堂上方且同样擅长小鼓的鹤原卿。

听闻此事的久能不置可否。绫姬出嫁时,他送上一面自制的鼓,请绫姬列为嫁妆。

那便是日后的妖鼓。

鹤原家的不详之事,也发生在那之后。

绫姬嫁到鹤原家后,取出那面鼓试敲,众人都震惊于其非比寻常的音色。那鼓声阴森可怖,却又沉静优美。

此后绫姬仿佛想到什么,将自己关在室内,不分昼夜,终日敲鼓,直到一日清晨,不知何故自杀身亡。许是因为丧妻之痛,不久鹤原

---

① 商人之家。
② 公卿之家。

卿也变得体弱多病，某年出使关东返程之际，走到浜松一带时吐血而亡，大约是患了今日所称的结核病。据说家业由他的弟弟继承。

制鼓的久能也未逃过一劫。他为献鼓一事心中不安，某日偷偷潜入鹤原卿的府邸，想要取回那面鼓，不巧被当时新招募的年轻武士撞上。那武士名叫左近，一刀砍在久能的肩头。久能终究没有拿到鼓，逃回去不久便断了气。他在临死前说了如此一番话：

"我在鼓声中表现我被抛弃的落寞心情，故而鼓声鲜活，音色与寻常的鼓不同。我只愿我思念的人敲打这鼓，体会到我生不如死的心情。我并无半分怨怼，证据就在鼓身上。这面鼓用的是有绫纹的赤樫古材，素有宝树之称，整个日本只有我的凿子才能处理，鼓身的莳绘①绘的是多宝纹。它在公卿眼中或许并不稀奇，但我至少企盼那面鼓能配上她嫁的人家。我做梦都没想到会有那样的事。不论是谁，只盼有人帮我取回那面鼓。这是我临死前的请求。取回鼓来，把它打破。拜托，拜托了。"

这是久能的遗言，但并没有人去鹤原家取鼓。不仅如此，而且由于久能并非正常死亡，所以连下葬都是遮遮掩掩的。

但这份遗言不知怎的成了街头巷尾的流言蜚语，最终也传到了鹤原家。于是鹤原家将那鼓收进箱子，藏于库房，连暴晒防虫的日子都不拿出来。与此同时，不知谁给那面鼓取名妖鼓，传说一旦打开那个箱子，就会发生怪事……但只要将那面鼓一代代传下去，家中就会财源滚滚。不知是不是传说真的应验了，此后鹤原家再没有发生什么怪事，反倒蒸蒸日上，明治维新后还被授予子爵，到了大

---

① 一种漆工艺技法，相当于描金。

正初期更是从京都迁去东京的东中野，建起一座宏伟的府邸。

与之相反，绫姬的娘家今大路家却不太幸运。绫姬嫁入鹤原家后，今大路的血统几乎断绝，不过最终还是找到了绫姬的私生子，得以勉强维系。然而，后来还是日益衰落，维新之后便再无消息。

就这样，牵扯妖鼓的两家，一家兴旺，一家落魄。而音丸久能的儿子久伯则与其子久意继承久能的衣钵，以鼓艺为生，勉强维持生计。不过两人都没有认真对待久能的遗言，无意去鹤原家取回妖鼓。

久能的孙子久意，便是我的父亲。

我父亲在京都时做过修缮与买卖鼓的营生。虽然手艺不错，但生意欠佳。我母亲生的第一个男孩叫作久禄，我从未见过，据说六岁时便送去了别人家。后来东京九段[①]的能剧小鼓名人高林弥九郎看不下去，将我父亲唤去东京，在牛込的筑土八幡附近借了一间小屋给他，这才让他缓了一口气。

但到了明治三十六年，母亲在生我时难产辞世，父亲便懈怠起来，整日只管借些闲书来读。大正三年夏天，他又患了脊椎病，在我的照顾下三年间一直卧床，直到大正五年秋天死于肺炎，时年五十五岁。

在我父亲死前，有这样一件事。

我复习完功课，正要把借自九段老先生的《近世说美少年录》读给父亲听时，他说："等等，今天我给你讲个有趣的故事。"

随后父亲断断续续讲了起来。

那是我第一次听说妖鼓的由来。

"话说回来……"父亲喝了一杯白开水，继续道，"其实我也

[①] 日本地名，位于东京都千代田区西部。

没把这件事当真。毕竟有名的工匠总是会有这样的附会传说……所以来东京后，我也没关心鹤原家在哪里，连想都没有想过。

"直到大约三年前的春天，我一大早在外面扫地的时候，有个二十出头的年轻美女走过来，取出一面鼓皮和鼓身都相当美丽的鼓，要我修缮。我随手接过来一看，不禁大吃一惊。鼓身绘的正是多宝纹，材木也是完美的赤樫。那肯定是传说中的妖鼓。当时那个姑娘还对我说：'我是中野鹤原家的人，想在九段高林老师处学习，恰好家中有这面鼓，便取来试敲，但怎么也敲不出声音。可是故老相传这是一面上好的鼓，我想它不应该发不出声……'

"于是我试问了一句：'哦？故老相传的是……？'

"只是那位夫人似乎刚嫁到鹤原家不久，对详情不甚明了，只说'这面鼓好像有个很特别的名字'。

"如此一来，我越发以为自己所料不差，便决定将鼓收下，请那位夫人先回去，随后赶紧试着一敲那面鼓……结果我打了个寒战——那不是寻常的鼓。祖父久能的遗言果然不假，在鹤原家作祟的传闻恐怕也不是流言。

"然而话虽如此，鹤原家绝无可能卖掉此鼓，我绞尽脑汁也想不出将它收为己有的办法，于是第二天只得带着鼓去中野的鹤原家求见那位夫人，说了这样一个谎：

"'依我看，这面鼓再修也没什么用了。首先，因为很久未曾敲过，鼓皮已经不行了。鼓身虽然做工精细，但材料用的是樫木，很难发出声音。恐怕这面鼓当年是在大喜之日用作装饰的器具。您看上面没什么用过的痕迹，绘的图案也是多宝纹……'

"这是家业最为艰难的时刻。我很少会说这样的谎话，实在是为对方着想，不得不舍了自己的名声。幸好那位年轻的夫人满意地点了点头。

"'妾身也是如此想的。原以为是妾身技艺不精,听您这样一说,妾身便安心了。那我就把它收起来吧。'

"她笑着如此说道,还硬给我包了一个十元的红包。没过多久,我就患了脊椎病,无法继续工作,那位夫人也没有再来找过我。

"但我还是有些放心不下,后来每次去九段拜访老先生时,都会向内门弟子打听鹤原的情况,结果听说……

"鹤原的子爵大人原本就喜欢炫耀家世,是个器量狭小之人,据说一直找不到合适的妻子,到了三十岁还是独身。不过前年岁末,他为某件小事去了大阪,不知在哪儿遇上了刚刚说的那位夫人,结果一见钟情,硬要把她娶回家,大约正是世人所谓的中了邪吧。族人不知那位夫人的来历,纷纷与他断绝关系,他在京都无法容身,只好迁居到东京中野。

"至于那位令他一见倾心的夫人,名字好像叫作鹤子……她搬来东京后学习敲鼓,不久便趁子爵大人外出之际,取了妖鼓出来击打。据说侍女吓得脸色煞白,竭力劝阻,但没能劝住。后来子爵大人听说了此事,狠狠训斥了夫人一顿,但似乎还是落下心病,不久便开始妄言呓语,被锁在家里。之后鹤子夫人卖了中野的宅邸,在麻布的笋町盖了一座兼做病房的小屋,一边照顾病人,一边去先生那里学习。然而子爵大人还是日渐消瘦,今年春天过世了。

"此后鹤原的遗孀找来一个号称侄子的年轻男子,试图继承家业。此举激怒了鹤原家的族人,纷纷请愿要求将其从华族[1]除名。加之未亡人鹤子夫人年纪尚轻,难免有些不好的传闻……总之鹤原

---

[1] 日本明治维新时期至二战前的贵族阶层,地位仅次于皇族。

家便与绝后无异了。

"我以为这都是那妖鼓作祟，不过我从未对他人提起。只是自那时起我便下定了决心。你是我的儿子，自然擅长敲鼓，今后肯定也想以敲鼓为业。

"但我要告诉你，从今往后，你绝不能与鼓有丝毫牵扯。这并非迷信。你一旦敲鼓，自然想要更好的鼓，于是最后必定会对那面鼓动心，因为那面鼓展现了鼓的至高奥义……

"一旦被妖鼓所惑，你的人生就完了。听了那面鼓的鼓声，你必定会产生怪异的想法。不是变成疯子，就是变成傻子。

"你应当好好读书，要么做个生意人，要么寻个衙门做事，远离东京，不要和鹤原扯上关系。

"这些日子我一直在想这件事。早晚我也要找老先生拜托一番，但你如果自己不当心，再怎么求人也没用。

"明白吗？千万别忘记……"

这个故事在我听来犹如天方夜谭。不过我从未想过要以鼓为业，自然只会温顺地颔首不已。

父亲似乎放下了一颗心。

那年秋天，父亲去世，九段的老先生收养了我，我很快便成了又圆又胖的小学生，精神抖擞地上了富士见町小学，完全忘了妖鼓的事。

老先生是位身材矮小、皮肤黝黑、双眼炯炯有神的老爷爷。那年他六十一岁，本该在开春庆祝花甲之寿，但没想到身为养子的小先生离家出世，惹出一阵大乱，只得作罢。

小先生名唤靖二郎。我没见过他，不过听说他和老先生正好相反，体形肥胖，性格温和，击鼓尤为拿手，每逢他在东京、大阪等处演出，都会吸引一流的艺伎专程前往倾听。小先生离家出走时年方二十，身无长物，连遗书都没有写，也没有留下任何线索，想找也无从找起。另一方面，听饶舌的女佣说，性急的内门弟子已经为了取代他而暗地里开始争权斗势。

"继承衣钵的必定是您。"那位女佣如此说道。

但是老先生从未提过要我习鼓，不过私下也确实对我颇为宠爱。

身在老先生家中，早晚听到的都是鼓声。那"嘭嘭嘭嘭"的声音难免让我感觉厌倦。虽然还是个孩子，但我的耳朵已经听刁了。起初觉得悦耳的声音，逐渐觉得无趣。便是内门弟子中技艺最精湛的那位，虽然击出的鼓声比他人都要圆润优美、韵味悠长，但我觉得只能算是好听而已。我想象着能不能有某种更为高雅的、如神明般静悠或如魅影般诡异的鼓声……

我很想听老先生击鼓。

但老先生只在演出或练习时击鼓，很少会把鼓带回家里。而且我还在上学，所以来到高林家虽然已经有不少时日，但一次也没听过老先生击鼓。据说正月练习时曾经作为庆仪击过一次，可惜那时我忙于接待客人，没能听到。

一晃到了十六岁那年的春天，我拿着高等二年[①]的毕业证书回到九段，立刻拿到里面二楼的老先生处给他请安。老先生正背对着我，用朱笔写着什么。他回头朝我一笑。

[①] 高等小学校二年级，相当于九年义务制教育的初二。

"嗯，很好很好。"

老先生用茶盘装了满满一盘点心给我，笑眯眯地看我吃得津津有味的样子，随后从旁边的壁龛侧柜中取出一面鼓，开始击打。

我被那典雅的鼓声震得汗毛直竖，仿佛听到温柔的母亲在静静地对我诉说什么，胸中感动不已。

"怎么样，要不要学鼓啊？"

老先生露出洁白的义齿，笑着问。

"想，请教我。"

我当即回答。于是从这天起，我便开始用便宜的练习鼓，学习"三打"与"连击"①的技法。

但我的鼓声收到的评判不佳。内门弟子总是训斥我，说我没有节奏，停顿与呼吸也都不成体统。

"吃那么多，脑子都吃傻了，看你脸颊红得跟女佣没两样……"

于是我成了众人嗤笑的对象。不过我并不在意——我不必以鼓为业，只要照顾老先生直到过世，还了他的恩情，我就当个和尚云游四方——我便是如此想的，所以更是大吃大喝，养精蓄锐。

过了那年，到了翌年春末时分，终于确定小先生过世了，于是在老先生的房间里做了只准备了茶与点心的法事，只有极亲近的家人及弟子参与。席间有位须发花白的老爷爷，像是老先生的亲族，开口说道："还是要尽早确定养子啊……"

坐成一排的内门弟子中，有三四个人一齐朝我看来。老先生苦笑道："是啊。靖（小先生）之后有点儿难选，都还青涩得很……"说着扫视了一圈。内门弟子全都面红耳赤。

---

① 三打与连击都是击鼓的技法。

这时候我突然很想见一见小先生——他肯定还活在什么地方。我仿佛感觉他正在敲鼓似的，很想听听他的鼓声。我一边宛如做梦般胡思乱想，一边盯着老先生身后佛龛灯烛间泛着白光的小先生的灵位。忽然，须发皆白的老爷爷又开口说："那位久弥如何？"

我的心猛然一跳。

"哎呀，他就是所谓的'哑鼓'……连节拍都打不好，可能一辈子都响不了。这种情况自古以来就很少见哪。"

老先生一边说，一边抚摸我的头。我也终于同样面红耳赤了。

"这孩子能响吗？"

资格最老的内门弟子说。也有人忍不住笑出声来。

"不响则已，一响惊人。"

老先生静静地说。

众人目瞪口呆。

众人从后房二楼下去后，老先生取出专为我准备的羊羹，然后用长长的烟管吸烟草，对我说："你为什么不肯好好敲？明明能敲出很好的音色，却总喜欢一会儿贴上调音纸，一会儿撕掉。你为什么那样做？"

我理直气壮地回答："没有我喜欢的鼓。那些鼓都太响了。"

"嗯……"

老先生显得有些不悦，向漆黑的天花板喷出一缕白烟。

"那你喜欢什么样的音色？"

"那些鼓都会拖长音，'嘭——嘭——嘭——'的声音，我不喜欢。我喜欢不会拖音的鼓，就是'嘭嘭嘭'的声音。"

"嗯……那我的鼓怎么样？"

"我喜欢……不过那是'嘤——嘤——嘤——'的声音。没有尾音更好。"

老先生又朝天花板吐了一口烟,双眼迷离。

"先生,"我有些得意忘形,接着说,"听说鹤原大人家里有一面名鼓,能借来试试吗?"

"胡闹!"

老先生瞪了我一眼。我从未见过表情如此严厉的老先生,连忙垂下头,不敢作声。

"都说一旦拿出那面鼓,那家就会发生不祥之事。就算是无稽之谈,也不该做这种可能给他人带去灾祸的举动。你听好了,找不到喜欢的鼓,这辈子都不用登台。"

有生以来,我第一次被老先生如此斥责,吓得脸色煞白,但心里并没有真正服气。

从那时起,妖鼓便成了我憧憬的对象。

不久,老先生便决定由我继承高林家。内门弟子固然不情不愿,也不得不称呼我小先生。

但我很失望。终于要当鼓师了吗?我这辈子都要靠讨好他人来维持生计吗?——单单想到这一点,便让我厌烦透顶。不可辜负老先生的恩情——父亲生前总是这么说,这也让我心生怨怼。同时,我仿佛明白了小先生离家出走的原因,想见小先生的愿望也日渐强烈。然而与小先生相会的愿望,比起看一看妖鼓这个愿望更加不切实际。

我依然那么胖,也依然每天砰砰敲鼓。

就这样到了大正十一年。那年三月中旬的一天下午,老先生喊我过去，递给我一个绉纱方巾的包裹："把这个送去鹤原家。"

一听到"鹤原家"几个字，我立刻想起了那面鼓，不由得心跳加速，目不转睛地盯着老先生。老先生也严肃地看着我，随后眨了眨眼，对我说："小心点儿，不要让人知道。鹤原家在笄町神道本局对面。没有门牌，周围是一圈枞树。"

我身穿绀飞白①、小仓袴②，脚穿灯芯绒袜和朴齿木屐，再披上黑色吊钟斗篷，头戴鸭舌帽，平托着那个像点心盒的包裹，出了高林家的冠木门③。

麻布笄町神道本局的樱花，在阴沉的天空下闪耀着白光。对面是一座被枞树包围的阴森平房。无论是水泥高墙还是桧木建造的玄关上，都看不到门牌，檐灯的圆角磨砂玻璃上也没有任何文字。我心想就是这一家，走过架在门外沟壑上宽仅一间④的木桥。

打开玄关的格子门不久，障子门⑤便唰的一下被拉开了，一个看上去比我年长一两岁的瘦削书生探出头来。他也身穿绀飞白，梳着中分头，戴着一副大大的黑框眼镜。他用三根手指朝我点了点。

"请问这里是鹤原大人府上吗？我是九段高林家的人，老先生吩咐我送这个……"

说着，我将点心盒连同包裹一起递出去。

书生接过去，瞥了我一眼，当着我的面解开包裹，只见里面是

---

① 藏青色白点花布，也代指用这种布做的和服。
② 由小仓织(小仓出产的木棉织物)制成的和服下装。绀飞白和小仓袴都是学生常穿的衣物。
③ 由两根木柱和一根横木搭成的门，横木上修有屋檐。
④ 日本古代长度单位，一间约为1.8米。
⑤ 日式房屋中作为隔断的木制纸拉门。

用奉书纸①包的杉木盒，系着黑色的水引②，还有一张一寸宽的纸，上面用端正的字写着"妙音院高誉靖安居士 七周年忌"。

我心中诧异。送来的路上竟然丝毫没有想到，原来这是小先生七周年忌日的茶点。小先生的法事只在内门草草做过，外门弟子本该一无所知，可老先生为何回礼？难道鹤原的遗孀送过香典③？就在我满心疑惑时，书生却脸色煞白，取了那写着戒名④的纸张读了好几遍。那副模样总让我觉得颇为古怪。

随后书生忽然微微一笑，看着我道："辛苦你了。不妨进来坐坐，家里只有我一个……"

那声音异常沉静，有种女性般的魅力。我犹豫不决，觉得不能进去，又觉得很想进去。正在我呆立着不知如何是好的时候，书生抱着盒子站起来，欲言又止地开口道："来吧……而且，我也……有点儿事情想拜托你……"

我终于下定决心，脱了木屐。书生将我领进玄关旁边一处没有壁龛的房间，看着像是会客间。只见八叠⑤大的房间里散放着报纸、小说、杂志等，还有柳条箱子，中央有个陶制的大火炉，上面摆了一个铁壶，周围勉强有些空间可坐。书生推开搁在地上的茶具，从里面拿出布团放在我面前，向我介绍："我叫妻木，是鹤原的侄子。"

原来传闻说的就是此人。我心中暗忖，一面低头行礼。妻木当着我的面，猛地一把掀开杉木盒，上面的水引啪的一声绷断了。那粗鲁的动作与他文静的外表格格不入。我还没有反应过来，只见他

---

① 一种日式纸张，古时用于家臣记录上官指令，后也用于抄写经文、神道祝词等。
② 一种绳结形式，常用于装饰祝仪信笺。
③ 供在逝者灵位前的钱物。
④ 指逝者在佛教世界（往生世）的名字，表示该人谨守佛教戒律。
⑤ 一叠约为1.62平方米。

已经打开盖子，从里面抓起一块风月堂的最中饼[①]，塞进自己嘴里，然后把盒子推到我面前。

"吃吧。"

我有点儿吃惊。不过随即看到妻木的嘴角溃烂得如同豆腐一般，这才明白过来。妻木一定是嗜好甜食才落得如此下场，他的胃肯定已经坏了。他叫我进来，恐怕是想把我拖下水。所谓有事拜托，估计指的也是这件事。我忽然觉得这个青年颇合我的心意，于是也毫不客气地动起手来。

然而妻木那狼吞虎咽的模样实在连我都咋舌不已。起初的四五块饼就像是和我抢食一般，到后来我刚吃了三块的时候，他已经吞了四五块下去。转眼间一盒点心便空了一半。

我终于认输，停下来喝了一杯茶。妻木又往嘴里塞了两块饼，这才从身后的书堆里抽出一张旧报纸，把盒子里剩下的二十多块最中饼倒在报纸里，又把报纸卷起来，藏到书堆深处，然后拿起杉木盒三两下拆成木条，捆成一束，和戒名一起用奉书纸包好，再用黑水引缠了一圈。

"实在抱歉……"妻木把那捆木条递到我面前，"您回去的时候，能帮我把这个扔掉吗？"

看到我微笑着接过去，妻木脸上洋溢着孩童般的喜悦。

然后他用更加客气的语气说："还有一件事情需要您帮忙。能否请您不要向府上的先生报告此事？"

我差点儿笑出声来。

"好好好，没问题。我也想请你不要说呢。"

[①] 红豆馅糯米饼，日本的一种甜食。

"太感谢了。这份恩情至死不忘。"

妻木说着,突然双手伏地,给我行了个大礼,额头直触榻榻米。

那副模样过于郑重,我不禁又有些颇不自在的感觉。据说鹤原子爵发疯而死,这个青年也有些奇怪之处,或许真的被那妖鼓诅咒了吗?

如此想着,我又生出想要看一看妖鼓的欲望。而且我开始以为,此刻正是看一看妖鼓的最佳时机。

"如果恳求这位,说不定会让我看一看妖鼓。现在机会难得,以后恐怕再也没有这样的机会了。况且我也不知道今后还会不会再来拜访。"

我一面如此想,一面又觉得不好意思,心中怀着犹豫去看妻木,却见他也正透过黑框眼镜目不转睛地盯着我,嘴角浮现出一丝似乎毫无意义的微笑。那笑容仿佛鼓励了我,我脱口而出:

"听说府上有一面妖鼓……"

妻木的笑容陡然消失。我鼓起勇气继续说:"不好意思,能不能偷偷给我看一眼那面鼓?"

"……"

妻木没有回答。他打量了我片刻,然后用更加平静的语气说:"还是不看为好。那面鼓没什么意思……都是因为有个古怪的传说,弄得不少喜欢鼓的人都想看……"

"这样吗?"我半是失望地说,心中暗想这样一个书生能懂什么……这时,妻木似乎为了安慰我,又字斟句酌地说:"那样的传说都是迷信。只是因为那面鼓的第一任主人名叫绫姬,所以就把谣曲①的《绫之鼓》与能假面②的'妖面'③糅合在一起，捏造出一个毫无意义的传说，没有丝毫根据。"

"我听说的可不是那样。"

"就是那样。那面鼓是以前贵人出嫁时的装饰品。因为发不出声音，大家觉得奇怪，才捏造出那样的……"

听到这里，我静静一笑，拦住了妻木的话。

"稍等……你说的那些我知道。但那是因为府上的夫人被某个鼓匠骗了。那个鼓匠之所以撒谎，也是为了府上着想。其实那是一面极好的鼓……"

话还没有说完，妻木的表情突然变得狰狞起来。他眉毛倒竖，颤抖不已，嘴巴大张，露出软塌塌的舌头，上面还粘着最中饼的豆馅。

我毛骨悚然，就像被人兜头泼了一盆冷水。不好。这个青年果然疯了，而且恐怕也和那面妖鼓有关。我怎么能随随便便说出那样的秘密呢？我望着青年的模样，心中连叫不妙。

但那只是一刹那的事。妻木迅速恢复了那种苍白冷淡的状态，同时从鼻腔里发出一声长而颤抖的叹息。接着，他闭上眼睛和嘴唇，抱着胳膊，静静地思考着什么。过了片刻，他睁开眼睛，口齿清晰地说："明白了。那么就请您看看吧。"

"真能给我看？"我情不自禁地坐直了身子。

"不过今天不行。"

"什么时候都可以。"

"在此之前，我想先问您一件事。"

---

① 能剧的脚本。
② 能剧使用的面具。
③ 能剧中的二三十岁的男性亡魂。

17

"好，随便问什么。"

"您的姓氏，是不是音丸？"

我不知道自己当时是何种表情，只记得盯着妻木的脸，几乎要盯出一个洞来，半晌才点点头。随后我结结巴巴地问："为什么……你……"

妻木深深地点了点头，悄然道："既是如此，我只能实话实说了。我是听您家小先生说的，我曾经在小先生处求学……"

我咽了一口唾沫，迫不及待地等待妻木的下文。

"……我伯母问过小先生那面鼓的事情。伯母问小先生：'有个鼓匠说那鼓只是装饰品，敲不出真正的声音，是不是这样？'小先生说：'这……必须敲过才知道，总之不妨先看看……'那是七年前的事，也是在今天。小先生来了这里，敲了鼓，后来虽然离开了，但并没有回九段。"

"小先生还活着吗？"我追问道。妻木默默点头，随后静静地道："他被那面鼓诅咒了，变成了活死人……但他为此极为羞愧……隐姓埋名……不愿见任何认识自己的人。"

"你怎么知道？"

"……我曾见过小先生，他对我说了这事便走了。他还说……他的后继者是一个名叫音丸的孩子……"

我不禁面红耳赤。没想到连小先生都看中了我，不由得诚惶诚恐。

与此同时，我也对面前这位妻木书生肃然起敬。既然小先生连那种事情都会告知，说明他必定是个技艺卓绝之人。我恨不得立刻向他行礼致意，恭恭敬敬地问："那么后来，你……您……？"

妻木似乎也和我一样心潮澎湃，比适才更加兴致勃勃。

"我听了这话，心中颇为不忿。名鼓发出的声音能葬送人的一生，哪有这样的怪谈？鼓的音色只会受人的心情左右，鼓声并不能左右人心。我很想敲敲那面鼓。不是敲那种诅咒般的音调，而是敲明朗愉快的调子，为小先生报仇。恰好伯母让我搬来这里，我便放弃了学习，来到此处。"

"那……您敲了那面鼓吗？"

我心中激动。妻木却是一副奇怪的冷淡表情，微微一笑，没有回答。我心焦气躁，不禁又问："那面鼓是什么样子？"

妻木依旧是一副捉摸不透的表情，过了片刻方才有气无力地说："我还没见过那面鼓。"

"咦？还没见过？"我怔住了。

"嗯。伯母藏起来不让我看。"

"这是为什么？"我既失望又愤慨地问。

妻木似乎有些惭愧，解释道："伯母听到小先生敲出的妖鼓之音，自己也想敲出那个声音。她想敲出声音后，就去向高林家的人炫耀一番。所以从那时起，便再也没去高林家。"

"那又为什么要藏起来不让你看？"我接着问。

妻木似乎也被我的不断追问弄得有些招架不住，苦笑道："因为她大概以为我是来偷那面鼓的吧。"

"那你知道藏在哪里吗？"

我的问题越发失礼，妻木也越发显得招架不住。

"……伯母每天都会出门，所以我每天都会找，但一直没找到。"

"会不会每次都带出去了？"

"不，肯定不是……"

"那您的伯母……夫人她什么时候会敲鼓？"

这个问题似乎令妻木吓了一跳，他露出心虚的神色，半晌才支支吾吾地开口，那语气像是在辩解。

"我每天晚上都会失眠，所以睡前总要吃安眠药。安眠药是伯母给我配的，她必定要看我睡着才会去睡。应该是在那时候敲鼓。"

"咦？你半夜从没醒过吗？"

"嗯，从没有……伯母会逐渐增加药量，不过安眠药迟早会失效，我一直期待着那一天。今年已经是第七年了。"

说完，妻木悄然低下头去。

"七年……"我复读着这个数字，伸手捂住额头。这户人家满是奇异……古怪……令人毛骨悚然……这些感觉一时间充斥在我的脑海里，犹如风车般转个不停。仿佛不仅是这家中的一切都受到妖鼓诅咒，连我也被诅咒了似的。

不过，这个青年的毅力也非同小可。面对那样的目光，竟然能忍耐七年，此份执念着实可怕。至于那位鹤原夫人，为了将鼓据为己有，竟将青年欺凌到如此程度，又是何等的残忍？同时，这些又间接展现出妖鼓的魅力……我感到毛发倒竖，只觉得这简直不是人世间的事。

我鼓起最后的勇气问："那你就是完全不知道？"

"不知道。如果知道，早就带着鼓逃走了。"

妻木冷冷一笑。我为自己的愚蠢问题羞得面红耳赤。

"你随我来，我带你看看这幢房子。这样你就明白伯母是什么性格的女人。而且用外人的眼睛来看，说不定能看出那面鼓到底藏在哪里。"

妻木说着站起身来。我虽然几乎已经放弃妖鼓，但还是在不可言喻的好奇心的驱使下，跟随他走出房间。

出了会客间，左首是玄关和土间①，以前似乎停过人力车。妻木领着我右转，来到厨房。

那是一间新式厨房，通了电和煤气。地板一尘不染，擦得闪闪发亮。从壁橱到灶台之下，还有对面洗面池的上下壁橱、储物间与厨房之间的厚墙壁、女佣房间里空荡荡的橱柜、悬在天花板下的提灯箱等，妻木都熟练地一一打开给我看，果然没有任何可疑之处。

"府上没有女佣吗？"我问。

"嗯……全逃走了。因为伯母很挑剔……"

"那厨房是您伯母在打理？"

"不，是我。"

"啊，您……"

"我做菜的手艺远比鼓艺好。清洁打扫的工作也都是我做。你看——"

妻木摊开双手。我这时方才发现，他的手相当粗糙。

我呆呆望着那双手，妻木拉我出了厨房。走廊右侧都是玻璃拉门，外面是日式庭院。妻木打开左侧一扇装有门把的白色西式房门，率先走进去，我也跟在后面。

起初我没看出这是什么房间，因为里面五彩缤纷，半晌才意识到是一间宽敞的化妆室。橡皮毡地面让人一不小心就会滑倒，不过一半地面铺了华丽的地毯。除了挂着深绿色窗帘的窗户，白色墙壁和门后都嵌了整面镜子，将室内的一切都照得仿佛永无尽头——白色的西式浴缸、用镶着金色配件的黑木制成的华美化妆台、和服架、毛巾架、那种在牙医手术室中常见的玻璃橱柜、橱柜里的各式化妆

---

① 日本房屋中没有铺设地板的空间，通常为室外与室内的过渡地带。现在一般指大门内侧穿脱鞋子的场所。

工具与药品般的东西、角落的电暖炉、对面窗边的大长椅、悬在天花板上的雕花玻璃灯罩……

妻木一开始便钻到化妆台下面寻找。只是此时我早已目瞪口呆，心中所想的并不是找鼓，而是想象那位应该已经徐娘半老的鹤原未亡人，究竟怀着怎样的心情在这如同女演员化妆室般的房间里化妆。

"这个房间也没有可疑的地方。"

妻木朝我微微一笑，关上房门。随后他从一扇西式的蓝色门前经过，将手放在走廊尽头日式房间的障子门上。

"这一间……"我停住脚，指向蓝色房门。

"那间没问题。里面什么都没有，只有正中间放了一张铁床。没有问题。"

不知为何，妻木的语气似乎颇为不悦。

"哦……"

我应了一声，下意识地凑到钥匙孔上，窥探室内。

我看到的是青黑色的水泥地板和白色的陈旧土墙。左边似乎有扇小窗，房间阴沉沉的，仿佛是某个破败医院的手术室。与隔壁的化妆室相比，完全不像是同一幢房子里的房间。

"那是我每天晚上睡觉的地方。是不是像监狱？"

妻木像是在冷笑。就在此时，我看到一样奇怪的东西。那是正面墙上挂着的一根短皮鞭。起初我还以为那是墙上的污渍。

"我伯父就死在那个房间里。"

身后传来的这一句，让我毛骨悚然，我慌忙将眼睛从钥匙孔上移开。看到妻木脸上的苍白笑容，我的身子顿时僵住，自然更没有勇气问他鞭子的事。

"到这儿来。伯母应该是在这个房间里敲鼓。"

我松了一口气，踏进尽头的房间，心中想着这幢房子里只有这几间……

踏上尽头房间的崭新榻榻米，我一直紧绷的心情终于松弛下来。

青绿色的八叠房间对面是一扇赏月窗，外面似乎种着梅花。

窗下有张细腿黑漆桌，桌前规整地放着草色坐垫与纤细的桐木方火盆。左侧的桐木衣橱上有一大一小两个书柜，还有一个大玻璃箱，里面是一个身穿华丽振袖① 的人偶。

右侧靠近桌子的地方有个摆放茶具的碗橱，还有洗茶具的水池。墙上伸出的水龙头下面放着用白线捆成一束的油菜花与莲华草。右边是四尺的壁龛与四尺的多宝架，壁龛上画着中国唐代的仕女图，前面摆着水晶香炉，多宝架上放着一本类似画帖的册子，还有四个排得整整齐齐的鼓箱。下面另有两个小壁橱，左边是两间宽的整面衣橱。无论是橱门上崭新的芭蕉布帘、雅致的银色拉手，还是悬在天花板正中的黑框黄绸电灯罩，没有一样不是上品。

我禁不住又叹了一口气。

"这是我伯母的房间。"

说话间，妻木随手拉开左侧壁橱的布帘，将两只苍白的胳膊探进去，把里面的东西扔出来——绉绸盖被、缎子铺被、麻布床单、艳丽的睡袍、有华丽朱纹的括枕② 与漆枕③、白底水墨画的蚊帐……

"唉，可以了……"

我有些过意不去，出声制止。但妻木不听。他把扔出来的寝具

---

① 日本未婚女性最正式的礼服。
② 类似长条抱枕，中间填充棉花或荞麦皮等物品，两端系口。
③ 涂漆的木枕。睡觉时将括枕放在漆枕上使用。

23

收好，又拉开旁边的门，将里面的衣架逐一拉出来。

"行了，我知道了，我知道了。您都找过了，肯定不在这儿。"

"是吗？那衣橱……"

"不用了，真的不用了。"

"那再请您看一看鼓，以供参考吧。"

妻木说着从右首的多宝架上逐一取下四个鼓箱。我接过来放在房间中央。

四面鼓被从箱子里取出来排在我面前的时候，我不禁心跳加速，只感觉妖鼓仿佛就藏在这四面鼓里。

但凡对鼓之道略有所知的人都知道，鼓身与鼓皮就如人类的夫妻，原本各不相干，鼓皮有鼓皮的性子，鼓身有鼓身的性子。两种性子合而为一，方能发出一种音色。即使鼓皮与鼓身同为名器，若是性子不合，也发不出声音。哪怕贴上调音皮强行撮合，也只会发出完全不同以往的音色。因而此处既有四张鼓皮和四只鼓身，那么无论响与不响，总会发出十六种音色。鹤原未亡人恐怕正是知晓此事，所以平日里都在交换鼓身与鼓皮……

然而，很快我就发现自己的想法过于肤浅。妻木一坐到我对面便开口道：

"我试过将这四面鼓的鼓身和鼓皮更换搭配，但都不合适，还是没换的时候最好。"

"就是说，这四面鼓都是本来的搭配？"

"是的。"

"全都能响？"

"是的。这些都是伯母很自豪的鼓。您看鼓身的花纹，春樱、夏浪、秋叶、冬雪。在相应的季节敲打，音色格外动听。您不妨敲敲看。"

"您伯母不会突然回来吗？"

"没关系，现在才三点。她总是五六点才回来。"

"那我就不客气了。"我行了一礼，脱下外褂，妻木也坐直了身子。

我从手边雕了松雪图案的鼓开始敲。和在九段练习时不同，我敲得格外认真。妻木也一动不动地听我敲鼓。

"都是相当好的鼓啊。"

我真心夸赞，依次敲打秋鼓和夏鼓，最后拿起樱花图案的鼓时，不知怎的心中怦然一跳。其他鼓的鼓身漆色都颇为陈旧，唯独这面鼓是新的。或许是这面鼓的莳绘图案不合时宜，于是重新涂成了春樱图案吧。那么此前的图案，难不成会是多宝纹么？

我顾不上敲鼓，向妻木问道："这面鼓是什么时候有的？"

"这个，不太清楚啊。"

"能让我看看鼓身吗？"

"嗯，请。"妻木的声音有种奇怪的嘶哑。

我松开已经发黄的调音绳，拆下鼓身，刚看了一眼鼓囊内侧，登时惊得屏住了呼吸。

鼓身内侧，久能特有的梅雨刨纹清晰可见，宛如蛇鳞的赤樫木纹直刺眼球。我的双手就像抓住了一条真蛇似的颤抖起来，鼓身从我手中跌落，撞上我的膝头，又骨碌碌滚到地上，撞到坐在一边的妻木的膝盖上。

"啊哈哈哈哈！"

妻木陡然大笑起来。他笑得行若癫狂，捂住肚子扭动身躯，最后竟倒在榻榻米上打起滚来，如同歇斯底里的病患。

"啊哈哈哈，哈哈哈哈，你上当了……嘿嘿嘿嘿哈哈哈哈，嘿嘿嘿嘿……"

我的牙齿咯咯作响,不知道是恐惧还是厌恶,抑或是怒不可遏,只能盯着妻木的黑框眼镜颤抖不已。过了半响,那笑声渐渐平息,我的心情竟也奇异地随之平静下来,只感觉头发倒竖,沙沙作响。

妻木擦着眼泪,停住了笑。

"啊,太好笑了,太好玩了。啊哈哈!对不起,音丸……不不,是高林。我骗了你。我是想看看你到底知道多少这面鼓的传说。刚才我带你在这幢房子里找来找去,所以你以为我真的不认识这面鼓,更没想到这面鼓就在这里,是吧?啊哈哈!哈哈……安眠药的事也是骗你的。我和伯母每天都会敲这面鼓……"

我大张着嘴,怎么也闭不上。我茫然盯着妻木的脸。

"抱歉对你有些失敬,不过你是个正派的人,而且也很清楚这面鼓的传闻……"

"那又怎样?"

我突然感到怒火中烧。我明明如此认真,结果被他当作笑话。岂知妻木擦干了眼镜下面的眼泪,坐直身子,重新以严肃的态度向我道歉。

"抱歉抱歉,请不要生气。我不是在嘲笑你。我只是不想让你找到这面鼓,让你死心,好让你远离这面鼓的诅咒。所以我把这面鼓拿给你看,以为你不会怀疑,可惜我失败了。既然你连这鼓身的木纹都知道,说明你肯定听了你父亲真正的遗言。你找这面鼓,是为了把它敲坏吧?"

这番话简直是晴天霹雳,我全身的血液都涌到了头上。随即我又感觉腋下冷汗直流,手足无力,双手撑在榻榻米上,垂下头颅。

"我一直瞒到现在……"妻木摘下黑框眼镜,用奇异的嘶哑声音说道,"我是七年前离开高林家的靖二郎……"

"啊！小先生……"

"……"

我们的手不知何时紧紧握在一起。小先生看着比实际年龄苍老，那双近视的眼中扑簌簌滚下泪水。

"终于见到您了……"

我哭倒在他的膝头。与此同时，举目无亲的孤寂袭上我的心头，我不禁生出难以言喻的悲伤。

小先生双手抚在我的背上，似乎也在哭泣，过了半晌，方才断断续续地说道：

"我很想说……你来得好啊……我……自从听说你被高林家收养……一直很担心……想你会不会来这里……"

我忆起父亲的遗言——你一旦敲鼓，自然想要更好的鼓，于是最后必定会对那面鼓动心。我终于意识到命运的强大力量，不过同时又觉得倒在我和小先生膝前的妖鼓鼓身似乎只是平平无奇的木头。事后想来，那想法委实不可思议。

过了一会儿，小先生轻轻将我从膝头扶起，重新仔细打量我的脸。

"你现在全都明白了吧？"

"明白了……只有一件……"我擦着泪说，"小先生……您为什么不把这面鼓带回高林家？"

小先生的眉间浮出一股难以言喻的痛苦神色。

"你不知道吗……"

"不知道。"我认真地回答。小先生轻轻叹了一口气。

"那么，下次你再来的时候，自然会明白。那时候这面鼓也会自然地成为你的东西。"

"啊？我的……？"

27

"嗯。那时候你要亲手把这面鼓毁掉，不要让它再作祟。就如你先祖的遗训……"

"我亲手……"

"没错。我是精神和肉体上的双重失败者。我受了这面鼓的诅咒……消瘦不堪……连毁掉它的力量都没有了。"

说着话，他回头看了一眼外面渐暗的天色，喃喃自语着：

"可能要回来了，鹤原的遗孀……"

我垂头丧气地走出鹤原家的大门。

有生以来，我从没有经历过今天这样脑子被搅成一团糨糊的日子。我做梦也想不到世上还有这样的家。一切都像做梦一样古怪离奇，但每件事都比做梦更加怪异、可怕、喜悦、悲伤。

舍恩弃义、抛弃名声、吃自己法事点心的小先生；将他伪做自己的侄子、软禁在家中、当用人驱使的鹤原子爵未亡人……还有那华丽的化妆室、阴森的病房、皮鞭、妖鼓——真是个无比神秘的世界，又是个何等莫名的家庭！虽然都是我亲眼所见，但那般令人难以置信……

我边走边想，忽而感觉自己怀中有些莫名的鼓胀。低头一看，原来是刚才小先生在玄关塞给我的那捆点心盒木片。我将它抽出来，正想着该扔去哪里才好，忽然对面走来一个妇人，向我低头致意，我心头一惊，停下脚步。

对方也止步抬头。

那是一个看起来二十四五岁的妇人，肌肤白皙，气质典雅。头发梳成时尚的发型，身穿白襟黑纹和服，宛如戏剧中的女子打扮。她手里拿着什么东西，不过那时我没注意。

我记得自己当时下意识回了一礼。那妇人也优雅地鞠了一躬，与我擦身而过。一缕淡香拂过我的面颊，直达我的内心。

我强忍着回头再看她一眼的冲动，直往前行，走得额头上都冒出汗来。好不容易来到桥边，左首坡道处突然冲下一辆黄包车，擦过我的身畔。我借机回头看了一眼。

却见黑衣身影正抱着紫色包袱，伫立在鹤原家前面的木桥上。那白皙的脸庞正对着我。

我逃跑般拐进小巷里。

致 音丸久弥

前日之事，谨致歉意。

我困于那面鼓的魔力，精魂腐蚀，结果如你所见，已成了无力的废人。但请相信，在我内心深处，或许还留有某种尚未腐烂的东西。我也正因相信这一点，才提笔写下这封书信。

我想请您于二十六日下午五时准点来鹤原家。如若不便，之后任何一天均可，请您确定日期。时间依然不变。

我可保证，当您再度前来时，妖鼓必将为您所有。此外我认为您还可能发现某些尚不被人知晓的秘密。我相信那必定会出乎您的意料，是关于音丸家与鹤原家自古以来便具有重大联系的神秘事实。

不过，当您前来之时，我还要劳烦您一件事。您或许感觉不解，但请务必照做。

距离二十六日尚有十日左右。在此期间，请您新做一套衣装，来时也要尽力气派打扮，要与鼓师家元[①]的身份相衬。当然此事还要对所有人保密。至于其中缘由，等您来时自然知晓。随信附了一张东洋银行的一千元支票，虽然写的是鹤原未亡人的名字，但那是我的存款。感谢您继承我的位置，这张支票虽然不多，但也是兼做祝贺与感谢。此外关于我们的身世，请一如既往秘而不宣，即使到了鹤原家也不可泄露。

妖鼓这百年来造下的恶孽，能否在您手中断绝，将在二十六日晚间揭晓。与此同时，七年间未曾踏出家门一步的我，能否获得解放，也在此一举。期待您的援助之手。

高林靖二郎
三月十七日

我把这封信撕成碎片，扔出窗外。汽车刚好驶过芝公园，正自赤羽桥头向右拐。

眼前的玻璃上映出我摇摇晃晃的身影。

三越的掌柜为我挑选了刺绣的青色袷衣[②]、白色的博多带[③]、金光闪闪的袴裤、偏紫色的羽织[④]、白色的布袜及毡草履、上等的绀罗纱披风与同色的白缎带中折[⑤]。这华丽的服装居然与我极为相衬，看起来颇有些技艺神妙的小先生味道。放在平日，我可能会捧腹大笑，然而此时根本无心顾及。

---

① 日本传统技艺的继承人。
② 有内衬的和服。
③ 博多以丝绸腰带著名，那里产的腰带就被称为博多带。
④ 披在长和服外的短外褂。
⑤ 中央微微凹陷的呢绒礼帽。

我双手捧着这几天因为心事重重而憔悴的脸颊，将脸凑到司机背后的玻璃板前仔细观察。虽然刚理过发，但我觉得自己仿佛老了两岁。脸颊上的红润也似乎消失得无影无踪。

汽车一到鹤原家，小先生……不对，是妻木以三指[①]之姿跪坐在玄关处迎接。他与上次一样身穿绀飞白，只是没有戴眼镜。他伸出双手，接过司机帮我拿来的旧衣包裹，轻轻放进旁边的书生房。那通红的双手怕是刚刚下过水。随后他又接过我带来的点心盒，颇为刻意地郑重行了一礼，先行起身。我有种参与诈骗般的心情，跟着他走在擦得锃亮的走廊上。

走廊尽头的房间里充满了香木气息，浓得令人烦闷。不过未亡人不在房里，我不禁松了一口气，随意坐了下来。

房间的气氛似乎完全变了，不过事后回想起来，其实并没有什么不同。或许是悬在房间正中的黄绸灯罩被取下，换成了艳丽的紫色灯罩的缘故吧。中间放了两个铁青色的坐垫，还有金莳绘的桐木圆火炉，壁龛上挂着白孔雀挂轴，前面摆着大大的白牡丹插画，还有个青铜的圆形电火炉在我背后烧得通红。

妻木静静地走进房间，垂着眼睛给我倒了一杯茶。我也僵硬地回了一礼，感觉自己仿佛是一个罪犯，正在等待法官出庭。

我等妻木出去了，迫不及待地看向直接摆在多宝架上的四面鼓，那就像是今夜要对我处以死刑的工具。"四鼓在世间，在世间。爱亦然，恨亦然。"——我回想着谣曲的词，安抚自己的情绪。

身后的障子门无声无息地被拉开，我感觉鹤原未亡人走了进来。

我努力不让自己看上去如同上次那样震惊，尽可能沉稳地滑下

[①] 拇指、食指、中指轻轻撑在地上，行恭敬辞谢之礼。

坐垫。

"您请……"未亡人以清澈优雅的声音向我致意，坐到我的正对面，合拢微红的手指。

我的决心刹那间崩溃了。我不敢正眼看她，伏在榻榻米上，同时听着自己与以往截然不同的心跳。此时，上次那种无法言喻的芬芳又向我袭来。

"初次见面……欢迎您的到来……久闻大名……"

我恍惚地听着耳边接二连三的问候，感觉心绪一点点平静下来。当听到"请……一同游玩……那么……"的时候，我终于可以抬起头来。那是我第一次真正看清鹤原未亡人的相貌。

有光泽的圆发髻，细长的丹凤眼，略显丰润的双颊，圆腮下面是匀称的脖颈，肌肤白得透明……未亡人身穿水色的和服与同色的羽织，系着黑色腰带，宛如没有灵魂的人偶，显得美艳高贵。

这副容姿与我这些日子的憧憬大不相同，冲击之下，我不禁怔了半晌，甚至不知道自己来拜访这位妇人的目的。

此时，未亡人像是延续前面的话，静静说道：

"所以我训斥了侄子，为什么请您回去？小先生既然有音丸家的血统，又想看那面鼓，正是难得的机会……"

原来她以为我还没看到鼓。想到这里，我抬头望向未亡人的面庞。然而慑服于那长长的眉毛与黑澄澄的眼睛，我又垂下双目。

"……为何不让您看？没有比这更好的机会了。这些年来，我们俩都在敲鼓，却从没有听到过那所谓的静谧的诅咒之音。如果有人能敲出那面鼓的真正音色，我宁愿献上那面鼓……"

我又忍不住抬起头来。未亡人却寂寞地垂下眼帘。

"……于是侄子说，既然如此，就给您写信吧，烦请您再来一次。

我说怎么敢如此劳烦您，他却说您一定会来，因为您还没有敲过那面鼓。唉，真是太失礼了……"

未亡人满面通红地看着我。突然间我也面红耳赤，不由得苦笑起来。我只觉得她接下去还会说，最中饼的事情她也知道……

"不过我也有些私心，于是让侄子执笔写了那样一封信，实在抱歉……"未亡人深深低头行礼。

"哪里哪里……"

我好不容易才能开口，慌慌张张从袖口取出手帕擦脸。此时头顶的电灯突然亮起炫目的紫光。

"有何吩咐？"妻木探出头来。似乎未亡人不知何时按下了呼唤铃。

"你的事情做完了吗？"未亡人冷冷地盯着妻木。刹那间我清楚地看到，未亡人眼中闪过一道不仅冷漠，更似残忍的光芒。我的神经骤然紧张起来。曾经听闻过的"蛇蝎美人"一词，在我脑海中闪过。与此同时，在那"蛇蝎美人"之下犹如奴隶般的妻木——小先生的身影，显得如此消瘦凄凉。

"是，都做完了……"妻木如同女人似的，端庄地以三指支在榻榻米上。

"那就进来吧。太失礼了。把门关好，然后把四面鼓拿过来……"

妻木宛如影子一样按照吩咐把四面鼓并排放在我和未亡人之间，然后坐在稍远一些的地方。

未亡人默默扫视四面鼓，然后目光集中在其中一面上。我感觉她的脸颊逐渐失去了血色，连双唇都变得异常苍白。

我和妻木都屏住呼吸，瞪大眼睛。

房间里开始弥漫一股难以形容的阴森鬼气。

突然，未亡人的肩膀似乎在微微战栗，她用不知何时拿在手里的手帕捂住眼睛。

我吃了一惊。妻木也惊讶地眨了好几下眼睛。未亡人呜咽了两三分钟，才终于放下手帕，露出凌乱的睫毛和眉眼，然后轻轻咳嗽了一声，用纤弱却严肃的语气说道：

"我一直在等待这样的时机。唯愿您能切断我与这面鼓之间的因缘。"

"因缘……"我下意识地脱口而出。

"那是什么意思？"

"只要用一句话说明我的身世，您便一定会明白。"

"您的……"

"是……但此刻我还不能表明。也许您以为我的要求颇为过分，但那是连我的生命都无法换取的可耻秘密。还是请您从这四面鼓中选出妖鼓，敲出那传说中的音色……实在抱歉，现在只能向您拜托这些……"

未亡人的话语中蕴含着妇人特有的坚毅，又笼罩着柔韧的力量。三人间流动着比之前更为紧张的寂静。

突然，我像被某种无形的力量击中了似的，恭敬地行了一礼，滑下坐垫，脱下羽织，随后径直伸手去拿眼前那面春樱莳绘的鼓，眼角瞥见未亡人惊讶得嘴唇发颤。我怀着武士即将进行生死决斗的心情将鼓拉到面前，挺直身子摆好架势。

手指触到妖鼓的鼓皮时，我便感觉到那温润的春夜气息与充盈在室内的暖意，有种处女肌肤般的柔和。我向表皮和里皮间深深呵了一口气，轻轻贴在肩上，敲打起来，将最后的精神融入其中。

起初是低沉阴郁、毫无余韵的音色，宛如古寺幽林中的夜枭啼鸣。

无喜无悲……唯有孤寂低沉……啵——啵——

但随着继续敲打，那声音逐渐熟悉了我的手指。我垂下眼睛，屏住呼吸，侧耳静听那音色深处蕴含的某种东西。

在那"啵——啵——"的声音底部，有种若有似无的余韵……

我感到全身的毛孔自然收缩起来。

我的祖父音丸久能，果然是制鼓的名手。然而他并没有意识到，在制作这面鼓时，还掺杂了其他情绪。

久能说："我将我因爱恋而化作活尸的心情融在这面鼓里。鼓声仅仅表现我寂寞空虚的情绪，没有丝毫怨怼……"

然而他错了。

这面鼓死气沉沉的音色，久能以为完美表现了自己的心情——那种无力、阴郁的内心深处，留着永不消失的怨怼回声。其中隐含着人类之力无法消除的悲哀执念，恐怕久能自己都未曾意识到。那是向着无间地狱深处下坠，却又不得其死的魂魄哀鸣……是徘徊在八万奈落①尽头却得不到超度的幽鬼之声……那若不是爱恋破灭者的诅咒呻吟，还能是什么？不是久能的遗恨余韵，又能是什么？

百年前的某月某日，绫姬敲打此鼓，听闻此音。于是久能内心深处那眼不能见、耳不能闻的诅咒，便带着无可言喻的深沉怨怼，直传到茕茕孑立的她的心中吧！她一次又一次地意识到，除了死，再无别的办法逃脱那份诅咒……

然后到了百年后的今日今时……

我的额头开始渗出冷汗，身体丝毫感觉不到室内的暖意。我后背阵阵发寒，由肩到腿，全都没了力气，连鼓都扶不住了。眼前一

---

① 佛教用语，即地狱。

阵漆黑，最后只能无力地将鼓放在膝上，用颤抖的手抓住手帕擦拭额头的汗水。

妻木慌忙给我披上羽织，鹤原未亡人站起来，从壁橱里取出一小瓶洋酒，用同样颤抖的手递给我一个小酒杯。她让我喝了一杯如火般的烈酒，又劝我再喝一杯。

我摆着手，呼出一口似乎燃烧起来的气。

"您没事吧？感觉如何？"

未亡人盯着我的脸。妻木也担心地看着我。我露出微笑，肩膀颤抖着系上羽织的系带，感觉喝不惯的酒精迅速促进了血液的流动……

"唉……刚刚您的脸真像白雪一般，现在总算好些了……"

未亡人的声音中满是不安。妻木松了一口气。

"话说回来，这音色确实古怪。而您的技艺又如此出色，我只觉得头发都要竖起来了……"

未亡人激动得声音颤抖不已，她起身将洋酒瓶放归原位，坐回坐垫上，随后像是想起什么似的，那乌黑的眸子直勾勾地看了我一眼，双手撑在榻榻米上，身子滑下坐垫，跪伏在地。

"我不知如何感谢才好。多亏您出手，我终于听到了这面鼓的音色。您不愧是名家的后裔。因而我也坦诚相告。我便是……"

说到这里，未亡人的头在双手间伏得更低。

"我便是……继承了今大路家的……绫姬的血统……"

"啊！"

我不由得惊叫出声，转头去看妻木。妻木却只是一动不动地注视着未亡人脑后的圆发髻，不知道他是不是早已知晓此事。未亡人依旧将脸埋在双手之间，继续道：

"说来惭愧，维新之后，今大路家衰败零落，最后竟想将我这个独女卖去大阪的卑贱行当，多亏鹤原家的主人救了我。当然毋庸赘言的是，这家中有这面鼓……"

未亡人徐徐抬头，目光从鼓移到我们俩脸上。她面色阴沉，含糊说道：

"……这家中有这面鼓的消息，我本来也知晓。正是受了这面鼓的诅咒，我才沦落到如此境地……却没想到还有这般不可思议的……因缘……"

"我明白了。"我按捺不住自己的感情，打断了未亡人的话。

"我都明白了。好了，请抬起头来。总而言之，我们三人都受了这面鼓的诅咒，都是在诅咒中聚集于此的。不过这份因缘将在今日结束。夫人若是容许，我愿亲手将这面鼓打碎，从这世上抹去我们祖辈的罪孽与诅咒。如此一来，我们便能摆脱那样阴森可怖的传说，迈入光明自由的世界。"

"不胜欣喜。"

未亡人抬起眼泪汪汪的脸，猛地紧紧握住我的手。刹那间，我全身的血液仿佛开始倒流。未亡人的双手有着难以形容的力量。

"您的话真是振奋人心，这正是我苦苦等待的话语。所以为了祝贺与这面鼓了断因缘，我想送您一份不成敬意的粗末小礼……"

"啊，这个……"我想起身，但未亡人的手紧紧拉住了我。

"不，别走……"

"那可以下次……"

"不，必须在今日今时……好了，你快去把那个……"

未亡人回头望向妻木。

妻木像是被驱赶似的退出了房间。

未亡人看到妻木离开，终于放开我的手，露出微笑。

我感觉刚才喝的洋酒后劲越来越大，只觉得天旋地转，不禁用双手捂住脸颊和眼睛。

头好痛……我一边想，一边把被子拉到头上。于是我感受到一种从未接触过的绸被的触感，同时有一股非同寻常的芳香扑鼻而来。

我彻底清醒了。不过在起身前，我还是试图从隐隐作痛的脑子里唤回记忆——刚才到底发生了什么？

眼前出现了盛宴的幻影，都是山珍海味，极尽奢华。饭桌与木碗上都有桐木家纹。

接着浮现的是鹤原未亡人的灿烂笑脸。

"这是与妖鼓了断因缘的祝宴。"

我想起未亡人一边说一边劝我喝酒的情景。

"再来一杯……"

未亡人贝齿微露，笑颜含媚。当我坚持不喝的时候，她又给我灌下一杯冰凉可口的"醒酒"药水……

那之后的记忆全都消失了。唯有仰面躺着凝视电灯曲折碳丝的一幕，带着不可思议的鲜明，残留在我的视野里。

原来我喝醉了，睡在了鹤原家。

"失策了！"我睁开眼，从被子里探出头来。

这里必定是未亡人的房间。唯一的不同只是电灯上罩着桃色的灯罩。我侧耳细听，周围寂静无声。

"哦呵呵呵呵！"

突然，枕边传来女人的笑声。我大吃一惊，正要起身，刹那间两只白皙的手臂伸出来，按在睡衣上，将我推了回去。同时，双颊泛红的鹤原未亡人从上方俯视着我，莞尔一笑。如丝媚眼盯着我的面庞，说话间飘出隐约酒气。

"不行哦，已经迟了……你就老实睡着吧，哦呵呵呵呵！"

我感到头痛欲裂，仿佛有锥子在扎似的，只得将头放回枕头上。我什么都无法思考，只能吐出痛苦的叹息。

耳边传来咕嘟咕嘟声。未亡人似乎在我枕边喝了什么。片刻后又传来小小的哈欠声，随后是甜腻的话语声。

"你终于上钩了，哦呵呵呵！真是个可人儿，太让我心动了。哦呵呵呵！"

我忘了头痛，猛然跳起来。低头一看，这才发现自己身上穿着一件崭新的更纱纹① 长襦袢②，而且满身是汗。

未亡人穿着友禅纹③ 长襦袢，衣冠不整地横在我的枕边。她面前有一个银色的大托盘，上面摆着两三瓶洋酒。她正用透明玻璃杯喝酒。见我起身，她用醉眼向我频送秋波，还递给我一个空杯子。我把杯子拨开了。

"哟呵，不喝吗？你可真胆小，哦呵呵呵！不过现在你也逃不掉了。不管你怎么辩解，也没人会信你。你只有和我一起远走高飞，逃出东京去做夫妻了……就是现在，马上……"

"啊……？"

"哦呵呵呵呵！"未亡人的笑声又高了一层。我头晕目眩地伏在枕头上。

"我说呀……"

---

① 江户时代由印度、波斯等地传至日本的花纹图案，以异国情趣著称。
② 贴身衬衣。
③ 以缤纷色彩描绘花鸟器物的花纹，得名于画师宫崎友禅。

未亡人终于停住了笑。她的声音平静流畅，似乎重新在我枕边坐直了身子。

"音丸先生，请你冷静下来听我说。因为这事关你我两条性命，明白吗？我啊，前些天在路上遇见你的时候，立刻就知道是你。因为我捡到了被你扔掉的小先生的戒名。后来我又盘问妻木，他向我坦白，说你们一起吃了点心，还想隐瞒这件事。他还说了你的心意，于是我便让他写那封信给你。那时候我便为今夜之事做了决断。你明白吗？"

"决断？"

我猛地坐起身问。然而面对未亡人那火辣的美艳与眼中燃烧的欲火，我又不争气地低下了头。

"说是决断，其实也没什么。我只是厌倦了妻木。那种男人整天没有一丝血气，像个鬼影一样，我很不喜欢。那种死人一般的男人，最讨厌了……"

说话间，未亡人在最大的杯子里倒满金褐色的酒，一口气喝了半杯，随后舔了舔鲜红的嘴唇，继续道：

"但你是个纯真活泼的小男生，所以妾身喜欢上你了。我已经厌烦那种什么都听我的话的男人。我受那鼓声的影响，已经厌倦那样的男人。我想要的是一个不看我的外貌，更关心我内心的人。就在那时，我遇上了你。我在给前夫扫墓归来的路上遇到你，这岂不是注定的因缘么？我已经别无选择，只有依靠你的纯爱才能活下去啊。"

未亡人一边说，一边抬起双手整理有些凌乱的发髻。我蜷起身子，像是被人抓住的蜘蛛。

"所以这些日子我都在忙着处理财产，能换成现金的都换了，钱都在壁橱的皮包里。那些钱都给你。就算明天就要生离死别，我也愿意。我对你的感情是纯真的……不过那面妖鼓要留下来，留给可怜的妻木当玩具……就让敏郎把它当成我，抱着它去自己想去的地方吧。"

我双手捂住脸。

"已经快三点了。四点会有车来接。敏郎夜里总是睡得很死，他不会醒的。"

我依旧双手捂脸，不停摇头。

"哎呀，哎呀呀……你还没下决心吗？"

未亡人的声音渐渐带上了怒气。

"音丸先生，这可不行。你还不肯向我投降啊？你根本不知道我是个什么样的女人……好吧。"

我感觉未亡人站了起来，心里一惊，抬头去看，只见迫在眼前的是个前所未见的可怖之物——凌乱的长襦袢衣裙、半解的腰带，还有轻轻抖动的黑色皮鞭……我双手捂在脑后，吓得全身僵硬，如同石头般动弹不得。

未亡人用雪白的手指捋着凌乱的鬓发，咬着下唇，恶狠狠地盯着我。那超凡脱俗的美艳……饱含异样热情的双眸中射出咄咄逼人的光……我仰头看着她的脸，眼睛一眨不眨。

未亡人一字一顿、咬牙切齿地说：

"你给我听好了，明白吗？我的前夫不肯接受我的真心，我就用这鞭子抽死了他。现在的妻木也是一样的。多亏了这根鞭子，他才像个活尸一样乖乖听话，从不多言。那你呢？你不是久能的子孙吗？就是做了这面妖鼓，咒死我祖上绫姬的那个久能！你怎么敢不赎罪？你怎么敢不听我的话？你来到我这里看这面鼓，不正是无可抗拒的命运之力吗？你明白吗？难道你还敢不愿意？你想尝尝这根鞭子……尝尝命运的惩罚吗？"

我的呼吸越发急促，仰头看着被绫姬的冤魂附体的鹤原未亡人，喘息不已。百年前先祖造下的罪孽，那份报应竟然如此令人恐惧。

"来吧，你答不答应……答不答应？"

说到这里，未亡人咬住嘴唇，脸上闪过鬼火般的苍白，持在柔嫩手中的那根皮鞭随之抖动起来。

"我……都是我的错！"

说着话，我又用双手捂住了脸。

啪的一声，皮鞭落在榻榻米上。

耳边听到玻璃破碎的咔嚓声，我的双手突然被掰开。我还没来得及反应，双眼紧闭的脸庞上便落下一阵激烈的热吻。带酒气的呼吸。女体的香、白粉的香、鬓发的香、香水的香——那些香气一并向我袭来，几乎将我迫入死地。

"饶了我……饶了我……请饶了我……"

我挣扎着想要起身。

"夫人……夫人，夫人！"

妻木的喊声从走廊外传来。我们俩一同回头，只见燃烧的火光在障子门外一闪而过。

"失火了！"妻木的悲痛叫声连同奔跑声一并传来。

未亡人仿佛吃了一惊，起身踏过被褥，一把拉开障子门。与此同时，昏暗的走廊里出现了身穿白色浴衣、披头散发的妻木，他挡在未亡人面前。

"啊！"未亡人叫了一声，双手捂住左胸，身子后仰，踉踉跄跄地逃回被褥上，倒在我的面前，身体痛苦地缩成一团。我怔怔地坐在原地，来回打量站在走廊里的妻木和倒在眼前的未亡人。

妻木大踏步跨进来，站在未亡人的枕边。他手里握着一把泛着冷光的短刀，露出怪异的笑容，低头看我。

"吓到你了吧？真是好险。差点儿你也要变成这个女人变态性欲的牺牲品了。她杀了鹤原子爵，也杀了我，现在又要对你下手。你看我！"

妻木扯下浴衣，露出左边的肩膀，将枯瘦的侧肋转到灯光下。只见从肋骨到背后全是淡红或浅黑的鞭痕，惨不忍睹。

"这是我心甘情愿的，"妻木一边整理衣物，一边悠悠说道，"我被这个女人迷住了，堕落到即使被她如此鞭打也甘之如饴的地步。但这女人还不满足。现在她打算勾引你，甩掉我，以我失恋的痛苦为乐。她明知道我没有睡，偏偏和你演上一出巫山云雨……但我杀她，不是因为忌妒，而是因为你已经无力抵抗，我才能振奋力气，救你出来。"

"救我？"我如梦似幻地喃喃自语。

"你清醒一点儿！我是你的哥哥！就是六岁那年被卖到高林家的久禄。"

说话间，泪水从那苍白的面庞上一滴滴落在我的鼻头。枯瘦的双手抓住我的肩膀，用力摇晃。

我仔细端详那张面孔，在那瘦削的面庞下，我仿佛感觉到死去父亲的面容清晰地浮现出来。哥哥……哥哥……小先生……妻木……我一边想一边端详，然而并没有涌起什么特殊的感情。一切都像是在看一部无声电影。

那位哥哥用浴衣的袖子擦拭泪痕，落寞说道：

"哈哈哈哈哈，以后回想起来，你可不要笑话我，久弥……我终于恢复正常了。今天是我第一次从妖鼓的诅咒中醒来。"

哥哥的眼中又涌起新的泪水。

"马上有车来接你,你坐车回九段那里去,到时候别忘了带上壁橱里的包。那是这个家的全部财产,也是刚刚这女人说要给你的。剩下的事我会处理,绝不会让你承担任何风险。不过你要把这件事告诉老先生,算是对我们的……吊唁……"

哥哥盘腿坐在我对面,用浴衣的两只袖子蒙住脸,放声大哭起来。我依旧茫然地看着落在眼前的皮鞭和短刀。

过了片刻,未亡人的身体开始哆嗦起来。

"哦……唔唔唔——"

我听到低沉微弱的声音。未亡人抬起惨败的脸,用布满血丝的双眼看了看我和哥哥。我下意识地从被褥里滑出来。未亡人苍白的嘴唇开始颤抖。

"对……不……起……"

她用清晰的声音说着,向枕边的银水壶伸出手去。我情不自禁地抬手扶她,但是看到黑色的血痕从她白皙的手指流到银水壶把手上的时候,又慌忙缩回了手。

未亡人咕嘟咕嘟喝了两三口水,放开了手。银水壶从被褥上滚落到榻榻米上,壶里的水迸了出来。

未亡人的身子突然一软。

"永……别……了……"

她无力地说完,面孔依旧朝着我,脸上逐渐显出死色。

哥哥咬着嘴唇,盯着她的侧脸。

汽车开到樱田町时,我叫住司机,告诉他"去东京站"。尽管我也不知为何要去东京站。

"不是去九段吗?"年轻的司机问。我"嗯"了一声,点点头。

从这一刻开始,我便过起了奇异的无意义的生活。

到了东京站,我依然毫无意义地买了去京都的车票,又毫无意义地在国府津站下车,毫无意义地走进站前的小旅馆,点了向来不沾的酒,咕嘟咕嘟喝完便让人铺好床铺睡觉去了。

我在傍晚时分醒来,这才吃了饭,随即又毫无意义地乘上西行的列车。那时候旅馆的女佣拿来一个陌生的皮包。

"不是我的。"

争辩了一番,我终于想起那是昨夜离开鹤原家时哥哥放进车里的,同时也想起包里塞满了钞票,但当时没想要动用它们。

列车开动后,我发现旁边的座位上掉了两份东京的晚报。捡起来一看,"鹤原子爵未亡人"这几个大大的铅字映入眼帘。

▲今日上午十点,以美貌和淫荡闻名的鹤原子爵未亡人鹤子(三十一岁)被发现与一名青年双双烧死在麻布笄町的自家。表面看似殉情,实际为他杀。证据是在两人的枕边发现了烧毁的短刀,但刀鞘的扣件却发现于相隔数米的走廊角落。

▲未亡人两三日前自东洋银行取出了全部存款,还在数日前将房屋土地都换成了现款,但在烧毁的住宅中没有发现钞票烧毁的痕迹。

▲与未亡人一同烧死的青年,已判明系同居的侄子妻木敏郎(二十七岁)。家中没有女佣,也没有其他人,内部情况不得而知。有传闻称系情爱纠葛。

▲警方目前正在全力调查这一怪异事件……

这些消息加上未亡人生前不检点的事迹,一并写了很长。看着看着,我连打好几个哈欠,于是靠在窗边,迷迷糊糊地打起盹儿来。

翌日清晨我在京都下了车,漫无目的地在街上闲逛。每到一处略显幽静的地方,便抓住过往的行人问:

"这附近有没有鹤原卿的府邸旧址?"

路人总是一脸莫名,也不作答,径直离去。我又追问今大路家和音丸家的旧址,也一无所获。其实我就算问出了旧址,也并不打算去做什么,只是自暴自弃罢了。

傍晚时分,我来到祇园大道,看见路上美轮美奂的灯光,我不禁心生怀念,仿佛回到了孩提时代,回到了出生的故乡。我茫然伫立时,迎面走来两位美艳的舞伎。右边那位舞伎的眉眼与鹤原未亡人极为相仿。我不禁微笑着上前询问她们的名字。右边是"美千代",左边是"玉代"。我问她们住在哪里,美千代指向对面拐角。我把名片递到她手里,问:

"可否移步某处与我一叙?"

两人看了看名片,睁大双眼,互相点了点头,对我露出微笑,将我带去不远处一个名叫"鹤羽"的地方。随后两人一同出去,不久美千代一个人换了和服进来。我宛如见了神迹,痴痴地望着她。

那时她唤我"高林先生""小先生",对我百般奉承。我颇为不安,解释道:"我其实名叫久弥。"美千代问:"那您的尊姓呢?"

我回答"音丸"。美千代捧腹大笑,我也放声大笑。这是我离开东京以来第一次大笑。

此后我四处寻找酷似鹤原未亡人的女子。艺伎、舞伎、咖啡馆女侍、女演员……最后，只要鼻型、眼神，甚至背影相似，我都满意。之后我又去了大阪。

我从大阪到别府、博多、长崎，走遍著名的城市。每到一处，我总是喝得酩酊大醉，喝醉了就去找女人。有时候前一晚明明觉得酷似鹤原未亡人，翌日清晨又觉得丝毫不像。那时候我总是潸然泪下，女人便在一旁笑我。

没喝醉的时候，我便躺在房里读些小说、故事，看看有没有和自己相似的恋情。如果有相似的例子，我想知道主角会怎么做。可惜从没有找到类似的故事。

后来过了两年，我在伊予的道后听说东京大地震的消息，不过打听到九段地区无碍，便又打消了回东京的念头，继续四处流浪。然而这次没有持续太久。我日渐囊中羞涩，身体也逐渐衰弱。很久以前染上了肺炎，终于病入膏肓了。

翌年早春，我经过久违的箱根，来到小田原。在那里等待天气暖和起来的时候，钱包越来越空，只得结了旅馆的账，向东方信步走去。天气很好，村里开满了桃花与山茶，油菜田里飞舞着密密麻麻的云雀。

半路走得委实太累，我在某处山丘上的青色麦田旁坐下，忽然一阵头晕目眩，咳出血来。地上凝结的血块在阳光的照耀下闪闪发光。我抬手捂住额头，回想过往的一切。

离开东京已经整整三年，时至今日才终于恢复理性。我数了数钱，只剩下两元七十分。我躺在田边的草地上，仰望湛蓝的天空。云雀"叽叽"的叫声萦绕在耳边。不知望了多久。

到了东京,我卖了和服,打扮成劳工模样,住进四谷的木钱宿[①]。等不及天亮,我便乘上电车,前往九段。

远远望见令人怀念的冠木桧门,我将黑鸭舌帽压到眼眉处,坐到路边的石头上。两个晓星学校的学生经过时,刻意避开我身边,一边走一边交头接耳:"小心那个短工。"想象自己面无血色、满脸胡楂、穿着一双脏兮兮的草鞋的模样,我想笑却笑不出来。

那天直到天黑,只看见一个不认识的内门弟子走出高林家的大门,连一声鼓声都没听到。

我一路咳嗽着回到四谷,睡在木钱宿。第二天天一亮,便又来到高林家门前,观察出入的人群,却仍不见老先生的身影。那天虽然鼓声从早响到晚,但没有听见老先生的鼓声。

第三天我又去了。第四天、第五天也都去了。然而并未看到老先生的身影。我的心陡然沉了下去。莫非老先生已经过世了?

"还不好说。哪怕拜一拜老先生的背影,否则死也不能瞑目……"

我怀着如此想法,每天天一亮就赶去九段。离高林家颇远处有一块废弃的石头,我每天便坐在上面,慢慢竟觉得有些亲切。

"又是那个乞丐……"两名貌似学鼓的妇人弟子朝我指指点点的,走进了高林家的大门。那时我正在打瞌睡,过了一会儿,一只手轻轻放在我的肩头。我以为是巡查,揉了揉眼睛,出乎我意料的是,来的正是老先生。我当即跪倒在地。

"果然是你……你回来了,我一直在等你……这些钱拿去收拾一下,明天夜里一点前后来我房间。我会打开后门和里屋二楼的雨窗。记得保密。"

[①] 日本江户时期最便宜的旅馆,不提供食物,有些甚至需要自带被褥。

说着，老先生将用手帕裹好的一包银币放在我手上，转身走了。我双手捧着那包银币，额头紧贴地面。

那晚是阴天，天气却很温暖。

我扮成花匠，蹲在高林家的后院里等待约定的时刻。有几滴雨水般的东西掠过我的脸庞。

突然，"啵啵啵——噗啵——啵啵啵——"的鼓声，在头顶老先生的房间里响起。

我倒吸一口冷气。

"糟了！那面鼓没有烧掉。哥哥寄给了老先生。不对，可能是他用包裹寄给我，但被老先生代收了……我犯了大错。"

我一边暗忖，一边侧耳细听。

鼓声一度中断，随后又响了起来。听着那静谧优美的声音，我的心跳逐渐加快。

因为那曾经被敲得极度凄惨的鼓声，不知何时竟然隐隐显出快活欢欣的音色。仿佛地狱深处怨恨一切的沉沦亡魂，在慈悲的佛祖手中被超度，一步步浮上现世一般。

听闻间，鼓声渐渐带上了明朗的意味，不久便转成了完全正常的鼓声，随后音色又变得清澄，宛如万里无云的晴空。

"咿呀——△——哈啊——〇——哈啊〇——〇〇——"[①]

那是名曲《翁》的谱调。

"百——百多乐里多乐有乐——垂爱所千代——吾等侍千

[①] 本文中的△、〇与后文《一足先行》中的×、《少女地狱之火星之女》中的×、△均为原文如此。

秋——寿同龟与鹤——欣然入此心——百多乐里多乐有乐——"①

我在心中暗合谣曲吟唱,沉浸在久违的庄严无我的气氛中。

不久,那鼓声戛然而止,随后的五六分钟里都没有丝毫动静。

我伸手去拉雨窗。窗户无声无息地滑开。我脱了新买的橡胶靴,掸了掸同样是新买的袜子上的灰尘,蹑手蹑脚地爬上充满回忆的里屋楼梯。我单手撑在木地板上,另一只手轻轻拉开襖门②。

……

我不忍记下后来的事。此处只是简略说一下经过。

我将老先生的尸首从电线上解下,平放在铺好的床铺上。

父母和哥哥的牌位都摆在房间角落的佛龛里,我将它们取来,并排放在老先生的枕边,点起线香,一并祭拜。

然后过了一会儿,我才连同鼓箱一起抱起妖鼓,离开高林家,冒着瓢泼大雨回到四谷的木钱宿。

幸好第二天天气转好,旅馆里的人都出门了,只有我一个人借口身体不舒服,留在房里睡觉。等到周围没了人声,我爬起来打开鼓箱,只见箱里有一封遗书,还有一叠白纸包的钞票。那遗书上没有收件人也没有落款,但确实是老先生的字迹。

这是我的私房钱,给你用。你带着这鼓去远方好好过活,把希望传下去,哪怕只传给一两个人也好。你现在应该已经知道怎么超度积存在妖鼓中的迷惘幽魂了。

我太喜欢你们两兄弟的技艺了,所以放心让你们去接

---

① 《翁》是能剧中最神圣的剧目,是向神祈祷五谷丰登的仪式。"翁"是部落之长的象征。"百多乐里多乐有乐"一句含义不明,有学者认为是绳文语或梵语的发音。此处以《法华五部书》所记汉字改为简体。

② 与障子门类似,一般指卧室的房门。

触这面鼓，结果造成了无法挽回的后果。我只能先走一步，去向你们的父亲谢罪。

我哭得死去活来。想到今后再也无望报答老先生的恩情，我不禁撕扯被褥，抓挠榻榻米，咬住老先生的遗书在房里翻滚。

但我的业数还没有完。

我抱着鼓，连夜搭乘夜班大巴离开东京，来到伊香保。

住进温泉旅馆的第二天，东京的报纸送来这里，上面大幅报道了高林家的变故。开头刊登的是老先生那令人怀念的照片，但让我吃惊的是最后放的一张我不认识的照片，照片下面还写了一行字："绝世怪盗高林久弥，旧名音丸久弥"。报道如此写道：

▲整整三年前，发生过一起怪异的鹤原未亡人死亡案。根据当局之后的调查，鹤原未亡人本计划与其侄子妻木一同旅行，但凶手在临行前夜杀害了两人，并夺走了巨款。该凶手正是九段高林家的接班人，旧名音丸久弥，是一个体格强壮的青年。

▲后来不知是否因为用光了那笔巨款，昨夜凶手突然潜入高林家，勒死恩师，抢走了恩师的私房钱与一面名鼓。

▲凶手自数日前就乔装成乞丐，在高林家门前打探情况，看准恩师高林弥九郎因故取出所有存款，才下手行凶，手法迅捷巧妙，与三年前的案件相似。

▲此外，由于高林家以前发生过接班人高林靖二郎失踪案，因此原本隐瞒了久弥的下落。但凶手在行凶之际，竟大胆地将义兄靖二郎与自己父母的牌位并列在被害人的

枕边焚香祭拜,由此当局方才厘清所有事实。

读完报道,我意识到我已经成了一个百口莫辩的罪犯。哪怕我辩解说这面鼓才是凶手,又有谁会相信?写这封遗书时我也在想,世间竟有如此奇诡之事。此时此刻,遗书也终于要写完了。

我打算击毁这面鼓,然后自尽。我的先祖音丸久能的怨怼,已经在前几天经由老先生的手化解了。这只褪去怨怼的空壳之鼓,以及久能家的血统,都将在今日从这世上消失。我死而无憾。

只不过,想到我生来只为留下这一段因缘故事,也不禁恍然若梦。

一足お先に

一足先行

---   ❖   ---

我的右腿不见了……

我瞠目结舌,只能转动眼球,四下打量。突然视线落在一处,我登时浑身汗毛倒竖……

我的右腿正杵在那里。

它仿佛刚从床上下去,随后便躺在那里,脚掌平放在油毡地上,如同尺蠖般站立起来,然后在昏暗的光线中左右摇摆,像是在寻找整体的重心。我以为它会弯成「く」形,结果它却像普通的人腿一般,噔噔噔地朝左首窗户处走去。

一

……《圣经》曰:"若是你的右眼叫你跌倒,就剜出来丢掉……若是右手叫你跌倒,就砍下来丢掉,宁可失去百体中的一体,不叫全身下地狱。"

……但若是知道很早以前便被砍断丢弃的我右腿的幽灵会附在我身上,令我犯下抢劫、强奸、杀人之类令世人恐惧的罪行,我又该如何是好?

……化作恶魔也无妨吗……

右腿膝盖处突然一阵刺痛,吓得我跳了起来。那像是被某种锋利的刀子刺中般的疼痛。

思索间,我半梦半醒地用双手摸索那一带……

我又是一惊,全然清醒过来。

我的右腿不见了……

我的右腿齐根消失了。不管在毛毯上怎么拍,哪怕把毛毯掀开也找不到。只有一个如同小秃头般颤抖不已的胯部切口,还有垫在下面的绵软垫被。

左腿却牢牢连在身体上。它盘在扭曲的睡裤里,自裤腿里探出脏兮兮的脚踝。然而右腿怎么也找不到。刚刚痛得几乎要跳起来,现在却连影子都不剩。

这是什么情况？古怪。不可思议。

我揉揉惺忪的睡眼，四下张望。

这是寂静的午夜。

包在黑色羊绒布里的十烛[①]电灯垂在眼前。

窗外垂直耸立着大片黑暗。

那盏电灯对面的墙边还有一张铁床，上面睡着一个背朝我的魁梧大汉。半脱的棉服领口处露出半成品的蟠龙刺青。达摩般的侧脸上满是胡须，毛栗头中间已经秃了。

枕边的茶具架上摆着一个花瓶，里面插了一支小小的桃枝。颇有些诡异的奇妙景象……

对了。我在住院。这里是东京筑地的大型外科医院奎洋堂的二等病房。睡在对面的大汉是我的同室患者，是个名叫青木的菜场老板。枕边的桃枝是昨天我妹妹美代子来探病时插的……

我正在迷迷糊糊想着这些事情，右腿膝盖处又隐隐作痛起来。我不由自主地伸手去按毛毯，忽然反应过来。

现在是……消失的那条腿在痛……

我瞠目结舌，只能转动眼球，四下打量。突然视线落在一处，我登时浑身汗毛倒竖，双手握拳，使劲揉了揉眼睛，盯住床角，全身僵直，宛如石雕。

我的右腿正杵在那里。

那必定是我的右腿……瘦骨嶙峋、惨白的大腿切口处是一圈圈浅桃色的肌肉……灰色的大腿骨刚好从正中心突出一寸……毫无血

---

① 日本旧式亮度单位。

色的膝盖弯曲处，一个小小的棒球手套形状的肉瘤死死咬在上面。

它仿佛刚刚从床上下去，随后便躺在那里。脚掌平放在油毡地上，如同尺蠖般站立起来，然后在昏暗的光线中左右摇摆，像是在寻找整体的重心。我以为它会弯成"く"形，结果它却像普通的人腿一般，噔噔噔地朝左首窗户处走去。

我的心跳漏了两拍，然后仿佛完全静止了。同一时间，我的头发开始沙沙地一根根扭动起来。

在此期间，我的右腿像是丝毫没有察觉我的心情，悠然走了四五步，膝盖上的肉瘤撞上了窗下的白墙。它在那里犹豫了片刻，接着斜着横过来，开始一点点摸索着往垂直的墙壁上爬。爬到窗台处，便用脚尖钩住窗框，恢复直立后再次左右摇摆着寻找重心，然后如同皮影戏的人偶般穿过脏兮兮的窗玻璃，朝漆黑的走廊踏出一步。

"啊，危险！"

我不由自主地叫了一声，但已经来不及了。我的右腿一歪，掉到了窗外。寂静的医院里响起扑通一声巨响。

"醒醒……醒醒……"

有人一面含混不清地喊我，一面把手放在我的胸口摇晃。我猛然醒来，睁开眼睛，炫目的光线直刺双眼，我不由得再次紧紧闭上眼睛。

"醒醒，新东先生。您怎么了？马上要查房了。"

破锣般的男子声音突然凑到我的耳边。

我重新鼓起勇气睁开眼睛，发麻的脖子依旧枕在枕头上，我心烦意乱地打量四周。

的确是白天。这里是奎洋堂医院的二等病房。刚刚在梦中——只可能是梦中——看到的深夜景象没有留下丝毫痕迹。刚才我的右腿所去的走廊对面——另一扇窗户外，满是和煦的阳光。金雀花的黄色花朵与深绿的枝条交相辉映，填满了窗玻璃。再往外，隔着种了大丽花的花坛，可以看到特等病房。那窗户里新挂了一副昨天还不曾见过的精致白麻抽纱窗帘，大约是某位显贵住院了。

回头一看，右首墙壁上贴着一张熏黑的纸，上面印着住院规定。"必须服从医护人员的指令""未经允许不得在外过夜""住院费必须每十天支付一次"等，都是非常生硬的句子。不过读着这些规定，我终于完全找回了自己。

在这个春假的最后一天，我住进了这家外科医院，然后在距今正好一周前，我的右腿被齐根切断。那是因为我的右膝盖上长了一个巨大的肿瘤。院长解释说，当年我在母校 W 大学的跑道上练习跨栏时造成的小伤口，导致了当代医学无法解释且比癌症更为致命的肿瘤病原体入侵。

"哈哈哈哈哈！你怎么样了？刚才你叫的声音很大，很痛吗？"

刚刚摇醒我的青木一边说，一边快活地笑着，扶起我的上半身。我顺势在床上坐直身子，这才发现自己浑身大汗淋漓。

"不……做了个梦……哈哈哈……"

我用嘶哑的声音笑道，同时去看右腿处的毛毯。右腿当然不在那里，只有毛毯的皱褶如同山脉般层层叠叠。我连苦笑都笑不出来。

"啊哈哈，做梦了啊。哈哈哈哈哈！是不是梦见你的腿了？"

"啊……？"

我又吃了一惊，回头去看青木那张笑嘻嘻的络腮胡子脸。我盯着他黑红透亮、泛着油脂光芒的脸，心中诧异他怎么能看穿我的梦。

这位青木，绝不是能猜测人心的人物。由于长期居住在大连，他的言行举止颇有些大大咧咧。不过毕竟生来是纯粹的江户男儿，虽然继承了父辈传下来的蔬菜铺，但因为和女人厮混，生意日渐萧条，四五年前左腿又患了关节炎，住进这家医院后，毫不犹豫地从中间截断了大腿，最终全部身家换来了一条假肢。原本和他厮混在一起的女人性子卑劣，打心底里讨厌青木的假肢，和别的男人跑了，这却正合青木的意。他立刻勾搭了一个熟悉的艺伎，决定两人三腿过下去。自那以后，青木历经千难万险，终于在大连定居，开了菜场。然而，或许是因为玩弄的女人太多，遭了天谴，后来右腿的脚踝也开始出现关节炎的症状。尽管大连医院很多，青木还是筹钱住进了这家他当年住过的医院。可这次如果再截了右腿，现在的老婆肯定也会跑掉，又要找新的女人替代。他自己倒是乐在其中，见到谁都会自豪地说起这番往事。青木就是这么一个心思单纯的家伙。他不可能有那么深刻的思想，能猜到我刚刚做了什么梦。或许是我在做梦的时候说了什么梦呓……刹那间我转过许多念头，正觉羞愧之时，青木在我面前摸了摸自己的脸，咧嘴露出黄色的牙齿。

"哈哈哈，你很吃惊吧？以为我会读心术吧？我猜肯定就是这样。因为刚刚你左腿一伸一缩的，做出走路的样子。哈哈哈，而且还大喊什么'危险'……"

"……"

我一言不发，感觉连脖子都红透了。

"哈哈哈！其实我也有这样的经历。一开始在这家医院截肢的时候，也经常梦见自己的腿。"

"梦见腿……"

我喃喃自语，越发迷茫。青木则越发得意，点头道：

"不错。截了腿的人，经常会梦见腿。而且梦境非常清晰，让人毛骨悚然,简直像是腿的幽灵。"

"腿的幽灵?"

"没错。但是自古以来幽灵都是只有身子没有腿的,忽然冒出来只有腿没有身子的幽灵,确实叫人害怕……不过也比我们变成幽灵好,哈哈哈哈……"

我哑口无言,无奈地露出微微苦笑。青木见状越发得意,单膝撑在我的床头。

"话说这也真是古怪。那种腿的梦啊,只要伤口还在痛,就一点儿也梦不到。因为不管白天晚上,注意力全都集中在疼痛上。但是等到疼痛慢慢减弱,伤口逐渐愈合的时候,各种怪事就出现了。尤其是切口的神经缩回肌肉里的时候,会有种特别的刺痛,感觉就像是膝盖和脚底的刺痛,虽然它们都不存在了。"

我点头附和,同时深深叹息,以表钦佩。青木平生素来以自己不学无术为傲,但他人脉广,又好聊天,所以解释起来相当到位。

"其实我也觉得奇怪,所以那时候请教过院长。院长说,腿神经这种东西,全都从脊椎骨从下往上数第三四块的地方连到主神经上。而主神经盘踞在脊椎骨里,到死都不知道自己少了一条腿。换句话说,主神经以为两条腿都和刚出生时一样,好好地长在身上呢。为什么熟睡的时候特别严重?就是因为这个……所以每逢截了肢的腿上残留的神经末梢疼痛的时候,主神经就误以为腿上发生了什么情况,或者是膝关节在痛……太高深的道理咱也说不明白……总之就是这么一回事。我以前也经常被吓醒,醒来看不到自己的腿,又被吓一跳。这种事情我都记不清遇上多少次了。哈哈哈哈!"

"我……我今天第一次做这种梦……"

"哈哈哈,是吗?那就证明你快好了。再过一阵子就可以装假肢了。"

"咦，这样的吗？"

"没事的。这是痊愈的正常经历……青木院长给你打包票，哈哈哈哈！"

"那……谢谢了。"

"不过啊……装上假肢后，还会出现各种古怪的事情。没经历过的人，你就算告诉他，他也不会信。比方说在大连那么冷的地方，假肢也会生冻疮。哈哈哈哈哈！不不不……其实是以为生了冻疮……反正就是假肢的脚趾部分痒得要命，让人受不了。但是只要把发痒的地方在袜子上蹭几下，要么挠几下，就不痒了。到了晚上，我会把拆下来的假肢靠在壁炉旁，但是临下大雪的时候，假肢的脚趾、膝盖的关节都会抽痛，就连睡在隔壁房间的我，神经都能清清楚楚感觉到。这个真的可怕，我也经常被它这么弄醒……后来我实在受不了，半夜爬起来，辛辛苦苦装回假肢，弄个汤婆子给它敷上，嘿，还真就治好了。然后我就睡着了。哈哈哈哈！这事情古怪吧？没有比这更古怪的了。"

"哈……这就是双重错觉吧。神经切口的疼痛反射到脊髓上，导致不存在的地方产生了错误的痛觉，然后再度发生错觉，让人感觉像是假肢的疼痛。"

我试图通过这样的逻辑来疏导自己的情绪。随着青木的描述，我只觉得刚刚所见的自己右腿的幻影仿佛又要从眼前灰色的墙壁中噔噔噔跳出来似的。然而青木毫不顾忌我的情绪，还在说个不停。

"哦呵呵，原来如此，原来还有这个道理。我也以为应该是这么回事……但是和我睡在一起的老婆还是很怕假肢，一直对我说'求求你，睡觉时不要把假肢放到枕头边，太可怕了，实在睡不着'。

所以后来到了冬天，我就在床边再铺一张床，把这条假肢放在上面，还灌上汤婆子给它取暖……哈哈哈哈哈！那样子就像哄小孩子睡觉一样，说实话更让人害怕，但是我老婆倒是挺安心，也能睡得着了。哈哈哈哈！不过要是当地的小偷进来偷东西——那边的小偷都挺胆大的，而且腊月的时候特别多——要是那些小偷发现这东西，估计会吓破胆。啊哈哈哈哈！"

我无可奈何，只得附和青木的笑声："啊哈……啊哈……啊哈……"我无力地笑了几声。然而紧接着便是神经衰弱般的沉重忧郁感阴暗地笼罩我的视野，让我连声音也发不出。

咚咚——咚咚咚——

敲门的声音……

"进来——"

随着青木大声一喊，床脚处的门开了，白衣沙沙作响，护士走了进来。她是这医院里最傲慢的护士，下巴前突，一张脸涂得像个女招待似的，手里拿着大大的体温计，一下子就戳到我的鼻子前面。大概是整天接触手术的缘故，外科医院的护士全都一副傲慢无礼的模样。就算在这家医院，这种粗鲁的行为也不少见。所以我老老实实接过体温计，夹到腋下。

"干吗不给我量？"

旁边的青木大叫起来。正要出去的护士一脸不耐地转过头。

"你发烧了？"

"烧得特别厉害，高得不得了……"

"感冒了？"

"比感冒还可怜……我迷上你了，看到你就热得厉害……"

"别犯傻。"

"啊哈哈哈哈！"

护士气冲冲地往外走。

"喂喂……等一等，等等等等等等……"

"烦死了。什么事？要尿壶吗？"

"不不，尿壶那点儿小事，我自己可以解决……嗯，那个什么，有点儿事情想请教一下。"

"你真是客气……什么事？"

"唉，也没什么特别的……那个……就是对面的特殊病房……"

"哈……挂着漂亮的进口亚麻窗帘，摆了好几盆几十块钱的郁金香，你觉得奇怪是吧？"

"对，对的对的……你真是会读心术……不过从这里看不到郁金香。那边住的到底是哪位贵客？"

"那个啊……"

护士突然笑嘻嘻地折了回来。鲜红的嘴唇弯成"U"字形，在我床头坐下。

"那个啊……说出来能把青木吓一跳。"

"啊，我以前的老朋友吗？"

"哈！你真是蠢……别凑我这么近。我可不是那么轻浮的人。"

"哎呀哎呀，真伤心。"

"那是个超级大美女。呵呵呵呵！青木，想看看吗？"

"光听你一说就特别心痒。是哪家的闺女吗？"

"才不是才不是。不是那么普通的人物。"

"哦……那，是哪家医院的护士吗？"

"哈！别再逗我了。很可惜，是歌原男爵的未亡人。"

"啊——是那位千万富翁……"

"你看你看,果然很吃惊吧。呵呵呵!那位昨天晚上住院的时候可是惹出了不小的骚动。毕竟是歌原商事会社的社长,又是不晓得什么叫经济衰退的千万富翁,还是风韵犹存的未亡人,不愧是连报纸都极为关注的妖妇。"

"嗯……那为什么来这种地方?"

"是啊,说起来也可怜。据说她昨天坐特急电车去和抵达神户港的外国人谈生意,还没到国府津,从藤泽一带开始,左乳就痛起来了。于是请陪同的医生看了一下,说可能是乳腺癌,马上坐汽车回到东京,住进了我们医院。"

"嗯……那是昨天半夜的事?"

"没错,将近十二点吧。正好院长前几天得了肺炎,卧床不起,改由副院长做了诊断,发现确实是乳腺癌。而且她痛得受不了,今天早上副院长主刀做了手术。局部麻醉的布比卡因不起作用,只好做了全身麻醉。那皮肤真是漂亮,保养也相当好……那雪白的乳房,副院长把手术刀刺进去的时候,我都要晕了。本来乳腺癌这种手术,平时都不当回事的……美人真是占便宜,到哪儿都有人同情……"

"嗯……这么大的事,我一点儿都不知道。哼哼……"

"哎呀,你还在哼哼……真讨厌哦,哦呵呵呵呵!"

"不是在哼哼,是很感慨。"

"可是你连手术都没看过……"

"那位到底多大年纪?"

"哦呵呵呵呵呵,已经四十多岁了吧,但是一眼看上去就像二十出头的人。连手指甲都化了妆……"

"啊,连手指甲都……真奢侈啊。"

"可不是奢侈，上流人士都这样。还有很多男宠、吃软饭的围在身前身后……"

"太让人吃惊了，住院还带着那些家伙？"

"怎么可能……医院不可能允许的。现在陪护的只有一个年老的女管家，还有两个红十字会派来的护士，一共四个人。"

"但是来探病的人很多吧？"

"也没有。门口有两个书生，还有今天一大早就在工作的秃头绅士，说是常务董事什么的，把其他人都挡在门外了，病房里很安静。不过汽车倒是络绎不绝，衣冠楚楚的绅士一个接一个，放下名片再回去。"

"嗯……够豪气。能不能偷偷看一眼病房？"

"不行，完全不行。连我们都不让进，能进那个房间的只有副院长。"

"为什么那么小心？"

"这个……可能整天提防小偷，神经质了吧。明明已经够威风的了。"

"嗯……带了不少东西来住院吧？"

"是啊，毕竟是旅行到一半突然住院的，光是宝石就不得了。"

"那种东西不是应该放到医院的保险柜里吗？"

"也不能这么说。那位歌原未亡人，是日本屈指可数的宝石迷。据说她有个小皮包，里面装了全世界最上等的珍稀钻石。为了不让人发现，整天贴身藏着。"

"真是个麻烦的嗜好。不过她贴身藏的东西，你又是怎么知道的？"

"这个可有趣了。不管是谁，全身麻醉的时候，都会滔滔不绝地说出各种鲜为人知的秘密……歌原未亡人不知道听谁说过这件事。副院长说要给她做全身麻醉的时候,她就从怀里掏出一个小皮包,对副院长说,对不起,请您亲手把这个放到医院的保险柜里。给她做了全身麻醉后不久,她就一遍又一遍地问副院长那个小皮包里的宝石怎么样了,所以大家都知道了。"

"嗯……就是说她只信任副院长一个人。"

"嗯嗯,那种帅气的男人,能讨未亡人的欢心,也没什么奇怪的。"

"哈哈哈哈哈,真忌妒啊!"

"我不忌妒,不过确实很危险啊。"

"叫什么来着?嗯……一下子忘记了。副院长的名字叫……"

"叫柳井。"

"对对,柳井博士、柳井博士。听名字以为是个花花公子……浑蛋,他到底干了什么!"

"哦呵呵呵呵!你忌妒吧?"

"嗯……羡慕啊,口水都要流出来了。哪怕能看一眼那位夫人……"

"看不到喽。你再过两三天就要出院了。"

"啊,真的?"

"当然是真的。副院长都这么说了,没问题了。"

"嗯……就因为我是个花花公子,所以要赶紧把我赶走是吧?"

"哈,怎么可能。又不是新东先生……啊,抱歉。呵呵呵!"

"浑蛋,别小看我。"

"别犯傻了。外面都能听到你乱叫。你还是快点儿回大连去找你老婆吧。她肯定等得急死了。"

"啊哈哈哈哈!我把这个完全忘了。没错没错。啊哈哈哈哈!"

护士翻了个白眼出去了。

我心情很郁闷,深深后悔自己住进这种低级医院,而且住的是二等病房。我仰面躺下,取出体温计看了看,发现只有三十六度二。这个体温已经持续了两三天。啊,真想早点儿出院,呼吸外面的空气……想着想着,我闭上眼睛,却见眼前排着许许多多白色的栏架。那是我永远也跨不过的栏架……

我非常伤感,看着被切断的大腿根部,隔着绷带抚摸它。正在我迷迷糊糊打盹儿的时候,突然又传来开门声,好像有两三个人走了进来。

睁眼一看,正是刚才聊到的柳井副院长,带着两个看起来入职不久的护士,笑眯眯地走过来。他戴着夹鼻眼镜,身材高挑,很有医生的气质。他用柔和的声音同时向我们问道:"感觉怎么样?"

他先解开青木腿上的绷带,用拇指一边在长着浓密黑毛的小腿周围按来按去,一边问:"不痛吧?这里也不痛吧?这里呢?"

青木逐一点头表示不痛。柳井副院长愉快地点点头。

"情况看来非常好。再观察两三天就可以出院了。今天下午你差不多也可以去外面散步了。"

"啊,真的可以吗?"

"嗯。然后再观察一下,看看还痛不痛,如果确定没问题,就可以出院了。因为您毕竟路途遥远……"

青木像个乞丐似的一个劲儿地点头,看起来非常高兴。

"多亏了您……多亏了您……"

副院长看了看不停道谢的青木,又看了一眼护士,然后转向我,查看绷带下面的状况,推开护士递过去的脓盘,看着我的脸,像个女人似的笑了起来。

"已经不怎么痛了吧？"

我简慢地点点头，抬头看了看副院长闪闪发光的夹鼻眼镜，忽然又无缘无故地忧郁起来。

"体温多少度？"

副院长问旁边的护士。

我依然没有说话，将体温计递到副院长面前。

"三十六度二……啊哈哈！和昨天相比没变化。你的预后也很好，已经完全愈合了，切口的形状也很理想，很快就能给假肢取型了。"

我继续沉默着低下头。连我自己都觉得可怜。以往我听说："罪犯在犯罪的时候并不认为自己是罪犯，唯有铐上手铐的时候才会开始有犯罪的感觉。"现在我觉得这话说得一点儿没错。做手术的时候一点儿感觉都没有，但现在听到假肢这个词，才突然觉得自己成了空壳的残废，心情变得非常压抑。

"……你愿意的话，下午开始可以拄上拐杖，去走廊里走走。就算做好了假肢，你也要习惯拐杖。"

"怎么样，我说得没错吧？"

青木一脸得意地在旁边插嘴。听说可以外出，他好像更开心了。

"新东先生刚才梦到自己的腿了。"

我鼓起腮帮子瞪着青木，示意他不要多嘴。然而青木的脸刚好被副院长身体的阴影挡住，看不到我的表情。

这时候副院长转向青木。

"啊哈，梦见腿了吗？"

"没错。医生，我当年失去一条腿的时候，也经常梦见腿。不过新东先生今天第一次梦见，感觉很害怕。"

"啊哈哈哈哈！那种腿的梦啊，啊哈哈！经常听病人说起，好像是挺可怕的。"

"医生，那是脊髓神经做的梦吗？"

"哎呀，这个嘛……"

柳井副院长似乎有点儿措手不及，挠了挠头，露出苦笑。

"你知道得很不少啊……"

"没有没有，我是上次听这里的院长说的。残留在脊髓神经里的腿神经做的梦……大概是这个意思。"

"啊哈哈哈哈！不过不仅是脊髓神经，也混入了脑神经的错觉。"

"哎呀，脑神经……"

"是的。毕竟刚刚做完手术，麻醉的效果还没完全消退，而且术后的疼痛非常剧烈，不管是谁多少都会有些神经衰弱。再加上运动量不足、消化不良等情况，所以很容易做一些荒诞无稽的梦，或者陷入严重的抑郁，有些病人还会出现相当严重的梦游症状。我们医院很久以前有个案例，病人半夜逃出了医院，一直跑到日比谷一带才倒下去。虽然我没见过……"

"啊，那可真叫人吃惊。少了一条腿，怎么能跑那么远？"

"不知道，因为没人看到。不过一条腿走路好像确实可行。欧洲大战[①]后，经常听到那样的故事。甚至有这样的报道：一名原本生性温和的军人，在切断了一条腿后，很快就开始梦游，每每在自己一无所知的情况下到处偷东西，而且那些都是他想要的东西，但完全记不得是从哪里偷的，想还也还不了，后来他把住在远方的恋人杀了，悲痛欲绝，留下遗书讲述了来龙去脉，然后自杀了……"

---

① 即第一次世界大战。原文写于1931年，"第一次世界大战"这个说法是1945年后出现的。

"可怕可怕，危险危险，这是本性完全变了呀！"

"差不多。也就是说，确实有这样的人，不管是手还是腿，只要把身体的大部件切掉，那些地方原本消耗的营养就会剩余，涌到别的地方去，导致身体状况彻底改变。"

"原来如此，这就解释得通了。"

"对的。这就和裁军后国家预算出现剩余是一样的道理。不要说体质和手术前不同，有些人甚至连性格都完全变了。有种理论认为，神经衰弱、梦游之类的事情，都是因为体质和性格发生了这些变化，是过渡时期的征兆……"

"嗯……怪不得我截肢后变胖了好多，而且性欲也特别旺盛，嘿嘿嘿！"

副院长脸红了，慌慌张张地推了推夹鼻眼镜。两名护士红着脸溜了出去。

"不过……"副院长又推了推夹鼻眼镜，像是要打断青木的笑话一般，继续说道，"不过我还要强调一点，供您参考。那样的梦游案例，基本上都是遗传性的。尤其是新东先生这样修养很好的人，更加不必担心。哈哈哈哈！总之请照顾好自己。等体力恢复了，神经衰弱也会改善……"

副院长强行说了几句恭维话，然后掩饰着自己的尴尬，装腔作势地走了出去。

我松了一口气，钻进毛毯里，带着像被狠狠抽了一顿似的残酷感……

二

我的记忆在这里又中断了。刚刚醒来时也没有想起这段记忆。我本以为自己从白天开始一直在呼呼大睡,但从未怀疑过如此深度的睡眠和严重的记忆丧失都是因为我那可怕的梦游导致的疲劳。而此时此刻,那不堪忍受的卑劣记忆,在副院长猜中的一刹那,以迅雷不及掩耳之势涌现出来,让我甚至丧失了坐着的力气,精疲力竭地瘫倒下来。

对方是对这类病例了如指掌的医学博士和副院长,是对我的行动做了透彻研究的人。这等同于将我置于上帝的审判面前……

我清晰地意识到这样的状态,不禁从肠道底部泛起卑劣的、可怕的、不堪忍受的颤抖。我思考着有没有逃脱的办法,然而越是压抑那股战栗,全身便越是颤抖得厉害。

吃过午饭,青木在床铺一角穿好常穿的衬衣,用绑带把沉重的假肢斜吊在肩头,穿上针织长裤,再套上崭新的绀飞白单衣,给假肢套上拖鞋,咧嘴笑着行了个礼。

"那我就出去了。今天晚上一条腿可能卡在什么地方,那时候还请多多关照。啊哈哈哈!我去给您妹妹买些她喜欢的红梅烧。哇哈哈哈!"

他一边胡言乱语,一边噔噔噔噔地走了出去。

青木的脚步声远去后，我也闷闷不乐地起了床，脱下绒布睡衣，换了针织衫，外面套上刚洗好的浴衣。之前护士把医院配的白木拐杖送来靠在床边，我拄起拐杖，羞愧不安地来到走廊。

不用说，这是我有生以来第一次以这副姿态出现在世人面前。所以在关门的时候、在不知道如何伸出一根拐杖的时候，我的心不由得怦怦直跳，脸也烫得发烧，不过幸好走廊里空无一人，走了不到十步，心情也完全平静下来。

我天生瘦削，身体轻盈，而且身体的运动能力也在跑步训练中得到了锻炼，所以一旦习惯了拐杖的节奏，也就没什么问题了。我单腿在铺设的棕榈垫子上拖行了二十步，等走到医院正中央的走廊时，已经走得很顺畅了，甚至感觉另一根拐杖有些碍事。再加上很久以来第一次步行的愉快心情，以及与生俱来的竞争本能，我在追赶从我身边走过的女人途中，一路走到了医院的大玄关。

这座玄关，我只在来住院的时候躺在担架上瞥过一眼天花板，今天才第一次仔细打量。这座华丽庄严的哥特式玄关由花岗岩、木炼瓦、蛇纹石、彩绘玻璃和白漆木材建成，左边墙上挂着写有"探视接待处 歌原家"的牌子，旁边坐着两个身穿木棉纹付[①]的书生，看起来就很顽固。两人坐在桌子后面，桌上放着一个大大的名片盒，接待处后面的蜿蜒走廊里光线骤然暗淡，只见四个闪闪发亮的黄铜门把手分列在走廊两侧。最里面左首的门把上卷着一条白色的绷带，正是那位歌原未亡人的病房。

我在玄关处站了一会儿，想看看有什么人来探望歌原未亡人。结果负责接待的两个书生都开始回头看我，于是我若无其事地转过

---

① 绣有家纹的羽织。

身，拐进了右首的走廊。

这条走廊里面对面排着大诊疗室兼手术室、会计室、诊室、药房，沿着药房前面的走廊再拐一个弯，便会来到与手术室一墙之隔的标本室。

我停在标本室的蓝色门前，飞快看了看前后左右，确认空无一人。我的心怦怦直跳，尽可能安静地转动黄铜把手，发现门没上锁，可能是有人疏忽了，于是我悄无声息地溜进门里。

标本室内部没铺地板，比走廊低两尺，里面整整齐齐排列着好几排架子，上面摆满了解剖学书籍和陈旧的会计账簿，还有升汞、石碳酸、氯仿等各色毒药，与貌似装着新药、写的名字连怎么读都看不懂的瓶子放在一起。

我穿过两排架子，来到陈列标本的几排架子中间。不知道是不是通风设施很好的缘故，丝毫没有标本特有的气味。外科参考用的异形异类标本，装在大大小小数百个瓶子里，全都经过漂白，如同点心一样静静地沉在澄清的福尔马林中。

我将标本架上上下下一瓶瓶看过去，来到最里面靠窗的地方，抬头仰望最上层的架子，挂着拐杖，停下脚步。

我的右腿就站在那里。

那个瓶子高得只能放在最上层的架子上。那几乎是完整的一条腿，自大腿中部切下，弯成"く"形，直挺挺地竖在福尔马林里。它已经和其他标本一样变得全白了，脚踝以下的部分被架子边缘挡住了，不过从死死咬在膝弯处的肉瘤形状以及整体的长度，还有肌肉分布的状况来看，那确实就是我的腿。不仅是外表，我仔细看去，贴在瓶子外侧的纸布上，还横向写着疑似病名的文字和"23"这个数字——直觉告诉我，那正是我的年龄。

看到那条腿，我从心底松了一口气。

说实话，我之所以特意走出病房，就是为了看看它。上午在同病房的青木和柳井副院长那边听到的"腿幽灵"故事，完全搅乱了我的心绪，让我不想再梦见自己的腿了。今天早上梦见的那种"自己的腿之幻影"，实在太过可怕，令我颤抖不已。不仅如此，我还想到，如果继续梦见自己的腿，可能慢慢就会像副院长说的那样，开始出现一条腿的梦游，然后误入某个全然意想不到的地方，做出完全不可理喻的事情……我们兄妹俩父母早早离世，也没有什么亲属，所以不知道自己的血统中是不是存在梦游症的遗传性。但我从小就很喜欢睡懒觉，直到今天还经常被妹妹嘲笑，因而谁也不敢保证，我的上几代祖辈中，不会有人患那样的疾病，进而遗传到我的神经组织中。而且那种遗传性的疾病，如果受到今天早上那种梦的刺激，以极度夸张的梦游形式表现出来，那可就完蛋了。不不……既然今天早上我做了那样一个变态的梦，还发出奇怪的声音、做出莫名的举动，让同室的患者都觉得怪异，又怎么能保证今后不会再出现同样的情况呢？那不仅会让我那天上地下唯一一个妹妹担心，还有可能蚕食父母好不容易留下来的一点点微薄的学费，到那时候，又该怎么办？

今后，我绝对不能再梦见自己的腿。我有责任永远记住自己已经没有右腿这个事实，连入睡期间也不能忘记。

要做到这一点，最好的办法就是到标本室去，把自己的右腿已经完全变成标本的形态，清晰而彻底地烙印在脑海里。

"您腿上长的肉瘤很大，也很少见……能否交由本院制成标本？当然，我们不会写您的名字，只会写上年龄和病历，您意下如何？……不不不，非常感谢，那么……"

既然院长出面恳请，尤其是免除了我的手术费，因而切除的右腿必定存放在标本室里。我的这条右腿，被完美地封存在巨大的玻璃筒中，浸泡在强效药剂中漂白、凝固，并且确凿无误地储藏在标本室的角落里——如果能给深层潜意识留下这样的印象，大概再也没有比这更有效的对腿幽灵的封印了，也没有比这更好的精神上的"禁足"之法了。

一旦下定这个决心，我就再也按捺不住，开始焦急地等待同室的青木外出。现在我终于实现了这个目标。至于能否有效封印腿幽灵……

在局外人看来，我这样的担心也许十分可笑。我自己也非常清楚地意识到，旁人肯定会嘲笑我，认为我太过神经过敏。所以尽管我只要向副院长提要求，他必定会让我看，但我还是刻意避开他人的视线，偷偷来看自己的右腿标本。虽然我的行动看似十分可笑，但对我自己而言，这绝不是什么可笑的事。在如今经济不景气的大环境下，我和妹妹两个人相依为命，只能依靠利息微薄的有限存款完成学业。身为兄长的责任感，让我总是紧绷着神经，而且已经神经过敏到不堪同情的地步。我太疑神疑鬼了，如果把这种想法告诉妹妹，她可能会哈哈大笑。也许，这种想法其实来自早已蒙蔽了我内心的残疾者所特有的乖僻……

想到这里，我抬头看了看高处自己那条已经完全变了样的腿，安心地叹了一口气。

这声叹息确实表达了我的欣慰。我亲眼看到，在真正意义上已然"先走一步"的自己的腿，就在眼前。同时，这声叹息也是在心底暗暗发誓，自己将要开始一点点学习……今后绝不能再梦见自己的腿……要和双腿健全时一样快乐健康地生活……面对他人时绝不流露半分残疾者的乖僻……也要让妹妹放心……

我仰头看的时间太长，脖子开始痛了，于是我低下头，让颈椎休息一下，顺便看了看右腿标本下面架子上的低矮瓶子。那里面睡了一个婴儿，从额头中央到鼻子下面有一条切割的痕迹，用粗麻绳简单缝在一起，脸上凝固着又哭又笑般的怪异表情。我一边回头看，一边慢吞吞地走到入口处的门前，竖起耳朵轻轻打开门。好在外面没人，于是我急忙来到走廊，沿着来时的反方向，经过食堂前面的狭窄走廊，抄近道回到自己的病房。我忽然感到一阵失望，爬到床上，将拐杖靠在枕边，摊开手脚躺了下去。

也许是很久没有动过身子的缘故，短暂的散步也让我感觉非常疲惫，不由自主地沉沉睡去。然而还没觉得睡了多久，便又睁眼醒来。太阳不知何时落山了，窗外映出蓝色的月影。月光微微照亮室内，青木似乎还没回来。我的两根拐杖并排扔在被褥叠得整整齐齐的床上。大概是护士在我睡着的时候进来打扫过房间。

我不知道现在到底是几点，借着月光看了看床头的手表，结果吃了一惊——已经过了四点。我睡得也太沉了。当然也可能是手表的时间错了，但医院里如此安静，必然是深夜无疑。我决定先去小解一下，再回来正式睡觉。我回头又看了一眼窗外，却见对面原本始终漆黑一片的特等病房里，电灯竟然亮得雪白。透过这边窗外凌乱的金雀花枝，那白麻抽纱窗帘的花纹反射出青紫色的光芒，有种炫目的美。

我并没有被那种美吸引，只是出神地盯着它。过了片刻，我又发现一处奇怪的地方。

也许是我的错觉，在笼罩整个医院的寂静中，自玄关方向到特等病房的走廊里，似乎传来某种啪嗒啪嗒的脚步声。我一边想一边去看，却感觉连那特等病房电灯的炫目光芒仿佛都在颤抖，虽然看不到人影，但病房里似乎很忙乱，说不定那位歌原未亡人的病情发生了变化。就在我这样想的时候，从某处远远传来急促的汽车警笛声，那声音以极快的速度向这里靠近，没过多久便在医院前面的拐角处嘟嘟响了两三声，骤然停了下来。我在揣测中看到，那特等病房的电灯突然灭了。白麻抽纱窗帘的花纹印迹，清晰地留在我的视网膜上……

那一瞬间，直觉告诉我——歌原未亡人死了。随即我又想到——现在应该正在搬运尸体，送回她家……

我一边想，一边一个人抱着胳膊微笑起来。但为什么要在这时候微笑，我自己也不知道。大概是那位歌原未亡人自前天半夜到昨天白天，在医院引起如此不同寻常的骚动。而我虽然对她的容貌身姿一无所知，但对她无比畏惧，感觉她会成为我的噩梦对象，结果却如此毫无波澜地轻易死掉了，于是一下子放松下来的缘故。此外，想象着那位副院长将会因为没有尽到妥善护理的责任而狼狈不堪的模样，微笑中也夹杂着嘲讽的意味。总而言之，这时的我确实怀着奇异的冷静和噩梦般的心绪下了床。然后，我悠然伸出单腿，用脚尖在地上摸索，寻找床下的拖鞋。然而奇怪的是，不管怎么摸索，我的脚也没有触到拖鞋。直到昨天为止，那双成对的拖鞋我只用得上一只，但昨天我确实把它们整整齐齐地放在床头左侧，本不应该摸索不到……

就在我思索这个问题的时候，忽然生出一股莫名的、心惊肉跳的、毛骨悚然的预感。我觉得格外怪异，慌忙将腿探得更长，用脚摸索更远的地方，随即忽然又想到，我是拄着拐杖来床上睡觉的，因而肯定下意识地将拖鞋脱在了与平日不同的地方，那自然怎么找都不会找到。我微微苦笑，打开电灯开关。恰在此时，我看到眼前有个出乎意料的人影，不由得"啊"了一声。我在床铺正中挺直身子，双手撑在背后，动弹不得。

那人伫立在门前，正是副院长。不知他是什么时候来的，大约是趁我睡着时悄悄潜入的。他上身穿着白纹晨礼服，下身是条纹鲜艳的裤子，没有戴夹鼻眼镜。他头发蓬乱，脸色苍白，表情严峻得可怕，双手高高抱在胸前，正狠狠地瞪着我。从他那近视般的刺目眼神来看，他似乎并没有发疯，眼神中充满了敏锐的理智与深刻的憎恶之光。

胆小如我者，竟然能有闲心做出如此细致的观察，着实连我自己都深感意外。我想那大约应当归功于自我睁眼以来便控制着我的恶魔般的冷静。我就这样眼睛一眨不眨地盯着他的眼眸，柳井副院长也以不输于我的冷静回瞪着我，惨白的嘴唇微微一动，轻轻吐出一句：

"歌原未亡人，是你杀的吧？"

"……"

我不由得屏住了呼吸，像是触到高压电似的全身僵直，视线刹那间几乎将副院长的脸戳出一个洞来。然而随即我全身都没了力气，仿佛骨头都消失了一般。我瘫倒在床上。

我的眼前一片漆黑，同时感到头晕目眩，耳朵嗡嗡作响……紧接着，世上最可怕、最令人恐惧的记忆，开始在我头脑深处浮现出来……它们以飞快的速度在我眼前逐一展开……与此同时，我的腋下也开始滴滴答答地淌下冰水一般的汗水。

那些记忆，都发生在我刚刚起床前的睡梦中。

我还是出现了梦游症状，从这间病房中游荡出去，淡然犯下不可预料的大罪。而且和普通的梦游者一样，梦游发作后的疲惫让我沉沉睡去，于是关于那桩大罪的记忆便完全消失在我的潜意识深处。所以刚才醒来的时候，我丝毫也没有记起来……但是现在，受到副院长暗示性话语的刺激，那不堪忍受的卑劣记忆顿时如同炫目的闪电般鲜活地闪现出来。

那的确是我的梦游。

……忽然回过神来，我发现自己身穿绒布睡衣，系着黑色皮带，单腿光脚站在某个昏暗的走廊中间。这里有一扇涂着蓝色油漆的门，我的身体紧靠在门上，正在好奇地张望走廊左右两头的电灯光线。

那时候的我有些吃惊——这到底是哪里？没有拄拐杖的我，又是怎么来到这种地方的？而且我贴在这扇油漆门上，到底有什么事情？我努力思索，同时借着走廊尽头反射过来的淡黄色光线，辨认出贴在头顶门楣处的白色瓷牌，那上面用小小的哥特字体写着"标本室"几个字。

看到那行字的刹那，我清晰地意识到自己身在何处。同时也以令我颤抖的清晰感想起，在如此深夜把我诱到这里来的某种可怕而深刻的欲望，其目标究竟是什么。

想到这一点，我在黑暗中整理衣物，环顾前后，微笑着用绒布睡衣的一只袖子小心地裹住手掌，伸手去开眼前那扇蓝色的门。门和白昼时一样，毫无阻碍地打开了。我像个影子似的滑进房间，悄无声息地关上房门。

月光从对面窗户的磨砂玻璃外透进来，水泥地和大地一样冰冷。

我单腿在水泥地上跳,来到对面架子的尽头,从摆放在尽头处的许多小瓶子中取出最小的一个,透过玻璃看,里面仿佛什么都没有。打开瓶盖闻一闻,没有丝毫药物的气味。

我一只手拿着那个瓶子,跳到房间角落,用附设在那里的洗手池的水冲洗。为了不留指纹,我还把水龙头周围也清洗干净,然后把那瓶子放进怀里,又单腿轻轻跳到架子的另一侧。从下面数起第三层的位置,刚好与眼睛的高度齐平,那里放着一排中等大小的瓶子。我用两只袖子把其中一个没有丝毫灰尘的紫色瓶子抱起来,借着月光看去,只见白色标签上用清晰的罗马字体印着"CHLOROFORM① 10磅"。

那冰冷透明的麻醉药在瓶中装了七分满。我双手感觉着它的晃动,心中无比陶醉。毫不夸张地说,我之所以想出这个计划,就是为了品味如此愉悦的感受。

我小心翼翼地抱着那个瓶子,慢慢走向月光下的磨砂玻璃窗。我把瓶子放在窗台上,依然用袖口裹住涂了石蜡的密封瓶塞,把它拔出来,转过脸,将里面的液体倒了一点儿到小瓶子里,然后将两个瓶塞紧紧塞住,将大的瓶子放回原来的架子上,小的瓶子收进怀里。那个沾了水的小瓶子直接贴在肚脐附近的皮肤上,有种冰凉刺骨的舒适感。

随后我慢慢回到门边,让听觉神经延伸到远方,轻轻将门打开一条细缝,外面依然空无一人。沉睡的医院宛如地底般寂静无声。

我的心因欢喜而雀跃,心脏在狂喜中跳跃不已。我强行将它按住,来到走廊。虽然只能如同发条人偶般跳跃前进,但我拥有久经锻炼

---

① 氯仿,强挥发性的高密度液体,具有麻醉效果。

的脚趾弹力，不仅没有在铺了垫子的地板上发出任何声响，而且比普通人步行的速度还要快。

我的心再度雀跃起来。

谁能想到，只有一条腿的人，也能如此安静、如此飞快地跳行呢？难道不是只有我这样从中学时代就开始进行跨栏训练的人才能做么？如此看来，无论犯下何种罪行，都不会被发现吧？逃跑的速度只怕比女人还快。只要回到自己的病房躺下，谁也不会发现。也许，我失去了一条腿，却获得了无论如何作恶都绝不会被发现的天分……我在胡思乱想中，一路来到了玄关。

太草率了。不能来这里。还是应该先回自己的病房，从后面的走廊绕过去。虽然此时我意识到这个问题，但小心翼翼地从墙壁阴影中探出头去看时，发现幸好没有重症患者，玄关前的大走廊上连一个人影也没有。挂在玄关正面的大钟，正指着一点零九分。当啷——当啷——金色的钟摆摆动着。

抬头望着那巨大的黄铜钟摆，莫名的紧张让我的心揪成一团。

别磨蹭……

快动手……快动手……

我只觉得走廊的每个角落都传来咂嘴的声音，于是我不由自主地跳过玄关，跳到对面走廊的垫子上，一路跳到白天见过的特等病房门前，一边四下张望，一边微微弯腰，将眼睛凑到钥匙孔上。古怪的是，钥匙孔里只有一片微微的白光，丝毫看不到室内的模样。我觉得奇怪，凝神细看，原来是卷在另一侧把手上的绷带一头垂了下来，正好挡在钥匙孔对面。

这个小小的失败让我不禁露出苦笑。不过我也因此变得越发冷静。我将耳朵贴在门框与门柱之间细细的缝隙上，静静地听了一会儿，房间里没有丝毫声音。似乎所有人都睡着了。

"普通的住院患者啊,如果害怕小偷,就不要用绷带缠住门把手。至少夜里要把绷带解开,锁好房门,不然就很危险。证据就是……喏,请看……"

我的心情轻松得简直想发表一番演说,但手指却带着自始至终的冷静和清醒,轻轻拉开了房门。透过门缝,我环顾室内,只见四个女人都在呼呼大睡,于是我小心翼翼潜进房间,轻轻带上房门。

我以最快的速度完成动作。

室内弥漫着女人的呼吸、毛发、皮肤、白粉,以及香水的呛鼻气味。我一只手紧紧握住氯仿瓶子,匍匐在地,用单边膝盖和两只手在漂亮的花纹地毯上爬行。我先来到丑老婆子的床前,她睡在歌原未亡人的床铺一侧。我在她枕边的鼻纸上滴了几滴透明的液体,轻轻凑近她的狮子鼻。不过,开始时手在颤抖,浸了药液的纸差点儿掉在老婆子脸上,我吓了一跳,赶忙将手缩回来。随后老婆子的呼吸节奏明显发生了变化,我这才松了一口气,同时意识到,如果只需要这么一点儿分量就能让一个人被迷倒,我带的药未免太多了。

接着,我爬到仰卧的歌原未亡人床前,她睡在高高叠起的厚厚稻草被褥与丝绸被褥上,我轻轻将瓶口凑到她那高耸的鼻子前,但感觉没什么效果,便扯了些放在枕边的脱脂棉,浸满液体给她闻,却见那张脸先是涌出血色,随后又开始变白,生出某种仿佛大理石般冰冷的感觉,于是我慌忙将手缩了回来。

然后我将手伸到睡在未亡人对面床上的护士面前。她摊着一本妇人杂志,脸颊贴在上面。我将给夫人用过的脱脂棉凑到她那小小的鼻孔前,她软绵绵地倒下去,发出扑通一声巨响,让我不禁捏了一把冷汗，心中忐忑不已。与此同时，睡在门口附近的最年轻的护士刚好嘟囔着翻了个身，我赶紧朝她爬去，将大部分剩余药液浸在棉花里凑上去，于是那护士委顿地躺成仰面朝天的姿势，不动了，我便将那棉花留在她的鼻子上，缓缓退开。这便再无问题了，我放下心来，那达成某种不可言说之成就的骄傲感，令我内心雀跃不已。

我受那股喜悦的驱使，正要单腿起身，扫视这些沉睡女子的面庞，身子却出乎意料地摇晃起来，禁不住伸手撑在绒毯上。刹那间我想到，恐怕是麻醉药的透明芳香混在了房间里一开始就有的那些令人窒息的女性气味中，多多少少侵入了我的大脑。不过，如果在这里昏厥过去，事情就严重了，于是我又一次双手撑地，振作精神，慢慢站起来。在被麻醉的女人们的床头，我将身体靠在冰冷的墙纸上，努力让自己冷静，重新环顾室内。

房间正中挂着一盏雪洞型的电灯，散发着火焰般的黄色光芒。那是冷光式的灯，有个装瓦斯的大球，完全亮起来恐怕会超过五十烛。在这光亮的照耀下，可以清楚地看到，室内的陈设无一不是极尽奢华。房间一侧放着闪闪发光的螺钿茶具架和同套的茶几，上面摆着银餐具、上等茶具、金灿灿的行李箱，再往上又放着垂枝海棠、令人想起印度宫殿的金丝壁挂、隐居在中土仙山的白鸟之羽帚等……这些必定都是在未亡人入院后，用昨天一整个白天运进来的。在那全然不似医院的奢华中，就连被麻醉的女人们的睡衣，也都是耀眼的红色或蓝色的丝绸缎子做成的。

环顾四周都是如此物件，我不禁为自己只穿了一件绒布睡衣的打扮羞愧，情不自禁地整了整衣襟，目光转向男爵未亡人的睡姿。

用白床单包住的垫被，厚厚地铺在稻草被褥上，而原本规规整整地躺在上面的男爵未亡人，也许是因为麻醉的效果，从被架① 中斜斜露出来，缠着绷带的头朝着我的方向垂下，胸口处的绷带一直露到肩头，白皙丰满的双臂左右摊开，成了一副难看的睡相。那高大丰腴的身体上裹着一件微微发亮的蓝底长襦袢，仿佛全身都绘了文身似的，有种妖娆的魅惑感。

我盯着那身影，走到电灯下面，拉动带绢穗的黑绳。刹那间室内亮起另一种令人目眩的苍白灯光，但我丝毫不担心，因为半夜病房亮灯并不稀奇，即使被窗外的人看见，也绝不会引发怀疑。

我单腿跳过老女人的床，靠在男爵未亡人的稻草被褥上，侧身坐下来。我把放在她胸上的羽绒被和被架静静地掀到一旁，仔细端详她的睡颜。

虽然麻醉使得未亡人的脸颊和嘴唇都有些泛白，但在电灯光线的直射下，那眉眼、那蓝色丝绸包裹的肉体之丰腴，简直美得无法形容，恰如用雪白大理石雕成的精美雕刻，温暖柔和，呼吸平稳，正是兼具拉丁型轮廓美与犹太型脂肪美的肉体美。无限的精力、巨大的财富、精心的化妆，以及饱满的、百分之百的魅惑睡姿……尤其是那自腮部到脖颈的荡漾曲线……

我暗自叱骂自己这动不动就热血上涌的心，一边拿起未亡人枕边闪闪发亮的银色剪刀。那剪刀无比锐利，从缠着崭新纱布的眼镜型手柄处，到薄薄的尖端，犹如利剑般笔直纤细。我将那剪刀开合了两三下，试了试它的锋利，随即毫不留情地剪开卷在未亡人胸前的厚厚绷带，首先让右侧那又大又圆的乳房暴露在苍白的光线下。

在那如雪般的乳房表面，残留着刚刚还紧绷在上面的绷带痕迹，

---

① 术后患者床上支撑被褥的架子。

是犹如淡红色海藻般的横纹，我禁不住叹了一口气。

这名女性之所以被誉为"情色殿堂"，并不是因为她那无与伦比的美貌，也不是因为那贪得无厌的恋爱技巧。迄今为止，这名女性能够吸引一切异性灵魂迷失其中的神秘力量，就在这左右双乳之间的白皙光滑的肌肤上……在深不可测的×××××、浮雕般的×××××与若无其事地闪耀着光芒的心窝中……亲眼见到这一切的我，被这有生以来第一次出现的念头所俘，情不自禁地打了一个寒战。

然后我被简直无法眨眼的无比好奇心攫住，一口气剪下了挂在未亡人左肩的绷带，让做了手术的左侧乳房暴露在光线中。

一望之下，那乳房似乎还在，仿佛依旧带着潮红萎缩起来，在紧邻乳头与肋骨的缝合处，黑色的血块牢牢粘在上面，在苍白的光线下颤动着。

这可怕的伤口让我忍不住闭上了眼睛。

失去了一侧乳房的伟大维纳斯……

被黄金的毒气腐蚀的大理石雕像……

被恶魔咬伤的情色女神……

遭受天谴的吸血女妖……

这些凄惨的形容词一个个显现在我的脑海中。

但就在这些词句闪过脑海的同时，某种无可言喻的异常冲动也在我的全身扩散开来，而我对此无能为力。这名女性全身的肉体美，与撕扯出痛苦黑血的乳房结合在一处，暴露在明亮的光线下。我无法阻止这种无可比拟的、令人窒息的欲望在我心中翻涌、沸腾。

尽管如此，我还是冷静下来，重新拿起剪刀。我随手抓起轻柔的羽绒被丢到床下，伸手去抓缠在未亡人腹部的黑缎带。就在这时，我注意到一件奇怪的事。

我摸到那窄窄的带子下面夹着某种粗糙而坚硬的东西。

当那坚硬的东西触及我的手指时,我还没有理解它的来历,只是生出一种不愉快的、像是触到了蛇腹般的预感,不禁畏惧地缩回手。但我又立刻振作精神,伸出双手,将那松散的黑缎带尽数拉起,毫不留情地剪成两段,然后将缠在蓝色襦袢衣襟处的褐色皮包般的东西拉出来,随手将那折了两道的盖子打开,一眼看到埋在紫色天鹅绒垫里的一排宝石,不禁倒吸了一口冷气……有生以来第一次看到这闪电的光束……深不可测的深蓝色反光……静静燃烧的血色火焰……毋庸置疑,这必定是男爵未亡人珍藏的珠宝,是用生命换来的一颗颗宝石。

我用颤抖的手将褐色皮包的盖子折好,放进怀里,然后盯着未亡人的睡颜,满怀着难以忍受的残忍和愉悦,发出仿佛涌自心底的笑声。

"呼哈!呼哈!呼哈哈哈哈……"

之后又在特等病房里做了什么,我完全不记得了。只记得不知什么时候,我变成了一丝不挂的骨骸般的裸体状态,苍白的肋骨不停起伏,瘦骨嶙峋的左手握着残留着麻醉药的小瓶,右手挥着闪闪发光的进口剪刀,单腿站在装有瓦斯的电灯下面,如同野蛮人一样跳来跳去。我还隐约记得,跳跃的时候,我依旧在发自内心地大笑:"呼哈哈哈哈!啊哈哈哈哈……"

然而……但是……我只记得这些。从那时起,我的记忆就完全中断了。再次清醒时,我诧异地发现自己依然赤身裸体,背对着黢淡的十烛光线，正站在自己病房附带便所的角落里，面对墙壁，一只手按在黑乎乎的粗糙墙壁上，茫然望着窗外，撒了一泡长长的尿。镶嵌在眼前混凝土墙壁上的玻璃碎片，原封不动地映出西斜满月的病态黄色。那时候的光景，与喉咙渴到无法忍受的感觉一起，留下了至今依旧清晰到不可思议的印象。

我觉得自己那时候已经彻底忘记了之前做的事。我记得自己慢悠悠尿完后，拿起扔在电灯正下方白色瓷砖上的白色绒布睡衣和黑色皮带，好奇地查看，心中疑惑自己为什么会这样赤身裸体。但我从孩提时代开始就养成了习惯，只要去上厕所，哪怕是冬天也会脱掉衣服再去，因而以为自己大约是在半梦半醒间重复了这个习惯，并没有感觉特别奇怪，也没有多想什么，只是里里外外检查了一遍衣服，看看有没有粘上什么污渍，又用皮带用力拍打了两三次，随即穿回身上。然后打开便所的水龙头，咕嘟咕嘟喝饱了，还差点儿被猛喷出的水呛到。之后认认真真洗了手，但远比平时洗得仔细，直到确认左右手掌没有留下任何污渍，才终于回到自己的房间。按照平日的习惯，用睡前挂在床头的西洋毛巾擦了脸和手。那时候我已经累得筋疲力尽，丝毫没有意识到自己没穿拖鞋就出去的情况，瘫倒般爬上床铺。

我的记忆在这里又中断了。刚刚醒来时也没有想起这段记忆。我本以为自己从白天开始一直在呼呼大睡，但从未怀疑过如此深度的睡眠和严重的记忆丧失都是因为我那可怕的梦游导致的疲劳。而此时此刻，那不堪忍受的卑劣记忆，在副院长猜中的一刹那，以迅雷不及掩耳之势涌现出来，让我甚至丧失了坐着的力气，精疲力竭地瘫倒下来。

对方是对这类病例了如指掌的医学博士和副院长，是对我的行动做了透彻研究的人。这等同于将我置于上帝的审判面前……

我清晰地意识到这样的状态，不禁从肠道底部泛起卑劣的、可怕的、不堪忍受的颤抖。我思考着有没有逃脱的办法，然而越是压抑那股战栗，全身便越是颤抖得厉害。

三

这时,副院长那柔和而富有弹性的声音,从我头上直落下来。

"对吧,没说错吧?"

"……"

"杀害歌原男爵夫人的,一定是你吧?"

我不知怎么回答,连呼吸都无法继续。我只能俯身趴在床上,身体颤抖不已。

副院长清了清嗓子。

"那间特等病房的惨状,是在今天凌晨三点左右发现的。隔壁房间的陪护护士要去那条走廊尽头的便所,发现那个房间的门开着,电灯的强光照在走廊上。那个护士觉得有点儿奇怪,便向室内看了看,结果惨叫起来,跌跌撞撞地跑到了值班的宫原那里。我接到宫原的电话,立刻从中野的自家打车赶来,那时候已经来了很多京桥警署的警察,尸检也结束了,正在搜集凶手的线索。我从宫原那里听了详细的报告,据说歌原男爵未亡人的胸口处,被人用尖锐的不锈钢剪刀刺了将近十厘米深,而且她还受了凌辱。此外,睡在入口附近的护士,也因为麻醉效力过强而悲惨窒息。另外,很快苏醒的女管家老婆婆证实,凶手还抢走了未亡人珍藏的宝石袋。

"但是之后凶手逃到了哪里、如何隐瞒自己的行踪,警方尚未弄清……室内铺着厚厚的地毯，走廊里也到处铺着垫子，因而无法辨认足迹，不过警方似乎认为，凶手大约是在傍晚时分伪装成探望者或者病人混进医院，而离开时则是从敞开的屋顶花园跳到玄关的露台上，再沿柏油马路逃走。他们也向护士和医生询问了这方面的情况。我到医院的时候，也看到身着警服和便服的警察，正在仔细调查从屋顶到玄关一带的地方。

"另一方面，歌原家也赶来了四五位亲眷，本院得到当局的允许，将夫人的尸体移交给他们，那是大约三十分钟前的事。关于犯罪情节，虽然还没有得到确认，不过警方似乎认为凶手是个胆大包天的惯犯。他们在检查被褥上的血迹、电灯罩上的模糊血指纹时，相互点头称是，我还听到他们嘴里念叨着'一样的手法''田端'什么的……大概就在一周前，田端发生过一起以同样的方式谋杀寡妇的案件，当时报纸上也刊登了大幅报道，也许警方因此认为这两起案件的凶手是同一个人。

"然而即便如此，我心中还是有些不安。恰好在玄关遇到了正要回去的老友——一位预审法官，让我觉得非常幸运，因而提供了一项重要的证词。我告诉他，歌原未亡人住进这家医院还是昨天晚上的事，报纸上没有任何报道，因此这起案件恐怕是某个跟踪未亡人的人，临时起意犯下的罪行。这家医院目前的患者，全都是相当有资产的阶级，要么是知识分子，而且都是行动不便的重症患者和身有残疾的人，不可能有人做出如此疯狂、如此残忍凶暴的行为……"

我紧紧抱住脑袋，发出一声长而颤抖的叹息。这是因为我听了刚刚的话，暂且放下了一颗心，但又猜不透副院长为何刻意前来告知我此事，不禁生出难以言喻的不安。所以……我在意识到这一点的同时，立刻中断了叹息，屏息静气，侧耳细听副院长接下来的话。

"新东先生，请放心。只要我不告发你，你就永远是清白的。至少你可以作为一个清白无辜的人大踏步走在社会上。然而与此同时，你无法欺骗你自己的良心，也无法欺骗我的眼睛。明白吗？我一听说特等病房的案件，立刻就想到了你。我想起昨天上午给你回诊时的事，想起你在听到梦游症的话题时露出异样的忧郁神色。我坐车赶来时，心中首先怀疑的也是你。而在把歌原未亡人的尸体移交给她家人后，我立刻命令护士收拾病房，并且叮嘱她们就算来了新闻记者也要说我不在，然后偷偷从后廊来到这里，摸索你的床铺周围。我猜想你偷来的褐色皮包会不会藏在什么地方。

"我首先摸了你挂在枕边的那条西洋毛巾，果不其然，你好像刚刚擦过手，内外都是湿的。如果你很早就睡熟了，不可能那么潮湿。随后我又想到一点，于是去了对面二等病房附设的便所，发现便所的水龙头没有拧紧，而且地上的瓷砖上有大量水渍。也许你觉得这不足为奇，以为经常会有这样的情况，因而故意在清洗血迹时留下这些痕迹，但在我看来并非如此。你之所以在那里清洗血迹这种特殊的东西，正是为了掩饰你内心的秘密。只能认为那是你故弄玄虚、弄巧成拙的清洗方式。

"然后我把正面三个并排的大便间一一打开看，没有错过最左边的抽水马桶中漂浮的瓶塞。我擦了一根火柴看，只见水的表面没有丝毫尘埃，也就是说不久前刚刚冲过，这下我更加确定自己的判断。你从那间特等病房出来，把东西藏进这个房间，又去了那边，洗掉了胳膊和腿上的血迹。然后你愚蠢地把装麻醉药的玻璃小瓶扔进抽水马桶里砸碎，放水冲掉，这些确实都如你所愿。但你没有想到，那很轻的木塞没办法通过'U'字形的马桶水封，在激烈的水流中咕噜噜转了半晌，最后还是浮上了水面。这是个与你很不相称的大失误。

如果我明天去提醒警察，想必在那厕所中发现瓶子碎片也不是什么难事。如何，我说得有错吗？"

我意识到自己的身体不知何时已经停止颤抖，而且发现自己正倾注全部的好奇心，认真倾听副院长那不可思议的解释。那些我自己全然不知的事情，他却说得仿佛历历在目。

就像在听别人的事……

这时副院长又咳嗽了一声。他似乎有些得意，说的话比刚才更加流畅，仿佛在读稿子。

"警察确实弄错了方向，这件案子十有八九会交到重案组手里。其结果必然会闯进迷宫，埋葬在迷雾中。但是，在下虽然并非专家，但得益于警察所欠缺的医学知识，轻易便能看破案件的真相。我一眼便看出，这起案件当然应当交给高智商犯罪组侦破。

"随着时间的推移，这起案件的真相将越来越难被揭开……若要问为什么，自然是因为这起案件至少套了三层外皮。表面上看，这是毫无疑问的普通抢劫案，但揭开这层表面的皮，去看可以称之为案件肉身的部分，就会发现这是极其罕见的案例，是梦游症患者主导的一场特殊惨剧，因为梦游者的行为未必总是飘忽不定、毫无逻辑的。有记录显示，他们会以正常人一样的稳健步伐，运用超乎正常人的巧妙智慧，完成极其复杂和严重的犯罪。你一定是利用你特有的强健脚趾和跟腱的弹跳力，导演了这场惨剧。你偷了标本室的药剂，让四个女人沉睡，实施了你的凶残行动。随后你又抢了夫人怀里的东西，回到这个房间，把那东西藏在床下，然后若无其事地去了厕所，在那里洗干净了所有血迹，才终于放心入睡吧。"

我再次感觉到强烈的心悸，简直连肋骨都痛了起来。刚刚还像在听别人的事情一样听案件的解释，突然角度折到了我这个方向……那令人无法动弹的逻辑十字架，开始将我牢牢捆住……

"你可能以为这样就足以彻底销毁犯罪的痕迹。但是，如果我把你留在那个标本室的重大失误揭露出来，你猜会发生什么？如果我把你拿走的那个小瓶子后面残留的薄薄一层灰尘，以及氯仿瓶侧不小心留下的像是小指指纹的残片交给司法当局，那会怎么样？或者，如果直接参与案件调查的值夜班的宫原，在警方询问本医院的麻醉药品管理时，没有回答'药品一向严格保管在标本室中，而且标本室的钥匙历来都由值班者随身携带，就像这样，绝不可能被盗'，又会如何呢？就算不说这些，如果在那之后，宫原没有为了慎重起见，趁着警方去别处调查的间隙，抢先一步去检查标本室的门有没有上锁，那又会如何？……确实有人从那里偷走了麻醉药。如果警方发现那些小指指纹就是你的，又会发生什么呢？"

"……"

"尽管如此，你也许还是会把一切都归咎于梦游，坚称自己一无所知。此外，司法当局也可能从你平日的行为中推断，今夜的罪行是你在梦游时犯下的，因而可能会做出无罪的判决。但是……但是，我或许也会作为某种证人，被传唤出席那场审判吧。另外，即使没有传唤，我应该也有自主出席的权利。如果我出席了那场审判，你便绝不会被如此轻轻放过。不管从哪个方面考虑，等待你的都是死刑。因为我知道案件的另一个最核心的真相……"

我愕然抬头。

我感到刚刚一直缠绕在我心口的、紧紧勒住我肌肉的铁锁，在听到副院长最后这句话的时候，突然绷断了。我忘记了自我，抬头直直盯着副院长的脸。我可以毫不羞愧地上下打量挂在他嘴边的不怀好意的微笑，打量那额头上得意扬扬的光芒。案件的核心真相……核心真相……我所不知道的这起案件的最核心的真相……我在心中重复了两三遍，然后心想："这个人还知道什么？"

迷惑不解中，我又无力地伏倒在床上，双手手掌交叠，将额头的重量压在上面。疲惫的情绪和越发高涨的好奇心同时涌上心头……

就在这时，副院长略微提高了音调，继续往下说，就像在嘲讽我一般。

"你是个了不起的人物。对于这种工作，你是位隐藏的天才。你在昨天早上梦见那条腿，以及听说那位爱收藏宝石的未亡人住院时，就制订了这项工作的方案。不，很早之前你就通过某些书籍研究过梦游症，所以梦见那条腿，也许正是你针对这一案件所设计的巧妙把戏。

"至于证据，也不需要特别寻找。昨夜发生的一切全都是证据。你在你犯下的残杀歌原未亡人案件中，各个关键环节都清晰地展现出梦游症的特征——在电灯罩上留下模糊的血指纹、特意把浸了氯仿的棉花放在最年轻的美丽护士嘴唇上，还有谋杀手法的残忍……愚蠢的警察把那棉花当作重要的证据拿走了。此外还有踢开男爵未亡人枕边的鼻纸和玻璃制的护理杯、离开时依旧开着电灯，恰好都是梦游症患者特有的疏漏。尤其是莫名其妙地剪断男爵未亡人的衣服和绷带，暴露手术部位，以及最后又将行凶时所用的剪刀再一次深深插入胸部的伤口才扬长而去的行为，百分之百地表现出梦游者特有的残忍。哪怕是曾在专业书籍中读过类似案例的我，如果没有注意到你对这起案件的准备，而是仅仅观察案件本身，也一定会被你完美地骗过。我必定会被你天才的头脑所愚弄，相信你这是单纯的梦游症发作。想到这一点，我也禁不住要偷偷打个寒战。"

"……"

"如何？你可知道我掌握着比这更有力的证据？这场惨案完全是伪装成梦游症发作的罕见高智商犯罪。你知道我为什么敢于断言，这是由你的天才头脑设计出来的恐怖喜剧吗？"

"……"

"呵呵呵呵！不要以为神不知鬼不觉，我什么都知道。昨天下午，同室的青木刚一离开，你便迫不及待地出了房间，对吧？随后你一直走到玄关，就为了看看那间特等病房的状况。接着你又去了标本室，确认有没有麻醉药的瓶子。你肯定早就知道那个标本室里放了各种药剂瓶，对吧？如何……"

"……"

"哦呵呵呵呵！那都是我亲眼所见，不可能有错。那正是你的精心准备。如果我当时没有允许你散步，或许就不会发生这样的事，而这个偶然的机会被你巧妙地利用了，你也由此完成了这项罪行。"

"……"

"我想说的就是这些。我绝不会告发你。我知道你是W大学文科的秀才，也从某人处详细了解过你过世的双亲对学术界的贡献，以及你现在的生活状态。我甚至很同情你，认为你策划这样的案件也不是没有理由。但正因如此，我才特意前来向你提出忠告。"

"……"

"不能再做这样的事了。杀人当然不用说，盗窃贵重物品也是不行的。做出这种令你的光明前途变得一片黑暗的事，首先你那纯真的、体谅哥哥的妹妹未免太可怜了。那深爱着哥哥的美丽、可怜的妹妹，岂不是连她的前途都会被葬送？"

副院长提高声音说着，把手伸到口袋里，取出一个黑乎乎的怀表般的东西，在手心里轻轻抛了抛。

"你瞧，这个袋子里装了歌原未亡人的宝石，是刚才从你床铺的床单下面找出来的。这是将你和这起案件关联在一起的最后一项证据，也是最有力的证据，证明你的梦游绝不是梦游，而是极其敏锐的、运用了高等常识进行有计划谋杀的强盗行为。我再解释一句，你在一样样仔细检查这里面的宝石和纸币时，留下的指纹无疑足够将你送上绞刑架。这就是如此可怕的独一无二的证据……如果这样的东西留在你身边，会对你十分不利，因此暂且由我为你保管。很快下人们应该就会来收拾那间特等病房，那时候我会过去见证，然后报告说在床铺下面发现了这东西。无论如何，死去的人固然可怜，但人死不能复生，总不能再从这家医院里把人绑走，这会立刻影响医院的声誉，明白吗？……今夜的事情全都忘掉，不管此后发生什么，都不要再想起来，更不能和别人提及。当然也不能告诉你妹妹……这些事……"

说到这里，副院长慢慢向后退，然后像是靠到了门把，发出金属碰撞的咔嚓声。

听到那声音的同时，一直伏在床上的我，心底涌起一股无法形容的、不可思议的新的战栗，并且迅速充满了全身。随着那股战栗，我紧紧咬住牙关，双手握紧拳头，简直连指甲都要嵌进肉里。

但那并不是刚刚那种恐惧的战栗。

我无罪……从头到脚我都是清清白白的人……

这强有力的信心一直填充到我的骨髓，同时也生出一股兴奋的战栗。

这时候传来副院长伸手到背后扭动门把的声音，然后他以平静的声音道：

"早点儿关灯睡吧……然后，你仔细想想。"

那声音听起来就像压在我身上似的。

我猛然抬头，像是要追赶正要离开的副院长一般怒吼一声。

"等等！"

那是一声巨喝，几乎连医院外面都能听到。我不知道自己当时是什么表情，大约是非常可怖的。

副院长显然吓破了胆，他猛然朝我转过身来，惊慌失措的表情像是受到了突然袭击似的。他的身体紧紧贴在门上，仿佛要用那还没关上的门做盾牌。在电灯光芒的直射下，那双细长的近视眼高高挑起，一眨不眨地盯着我的脸。

我正对着他，爆发般怒吼道：

"凶手是你……你才是天才！"

副院长的身体骤然僵硬，那脸色眼见着变得宛如白纸一般。他靠在门把手上，从他膝盖传到条纹长裤上的抖动，便可以看出他正颤抖不已。

我目睹眼前这急剧打击的效果，越发得势。

我用拳头对着副院长的鼻尖，单膝缓缓地朝前挪。

我的口中迸发出洪水般的咒骂之语。

"你……你才是天才。不得了的天才……催眠术的天才。你把我当卡里加里博士的梦游人[①]一样使唤，让我做这些残酷的工作。你在暗中观察我所做的事，却想自己一个人坐享其成……肯定……肯定是这样。不然的话……连我都不知道的事，你又是怎么知道的！"

[①] 出自德国恐怖电影《卡里加里博士的小屋》，该电影讲述了卡里加里博士驱使梦游者制造谋杀案的故事。

"……"

"没错，一定是这样。你……你昨天中午过后，悄悄潜入我一个人午睡的地方，给了我某种暗示……不……不是……是在那之前，我来就诊的时候，你就用某种方法给了我暗示……随心所欲改变我的心理状态，设计出引发此次案件的机制。没错……肯定是这样。"

"……"

啪嗒！传来东西掉在地上的声音。那一定是褐色皮包从副院长手里掉到地上暗处的声音。

但我并没有朝那里看。不仅如此，在听到那个声音的同时，我越发确信自己无罪，并且焦躁地想把他狠狠收拾一顿。

"原来如此，必然如此。允许我散步的不是别人，正是你。悄悄打开标本室门锁的也是你吧。把氯仿瓶子放在那里的说不定也是你……凌辱男爵未亡人的肯定还是你。你在暴行得逞后抢了褐色皮包，来到我这里……不，不对……不是这样。不是这样……我绝不会说谎。今天夜里我肯定偶然间出现了梦游，去了那个房间，麻醉了四个女人，剪掉了未亡人的绷带和衣带。但我没有再做别的事……别的任何属于犯罪的事……全都是你干的。值班员的话也好，宝石上残留的我的指纹也好，全都是你的谎言。你只是偶然看到了昨天白天我进入标本室的身影，然后今天晚上你是为了观察歌原未亡人的状况，或是因为别的什么，留在医院里，又偶然发现我在梦游，便悄悄跟在我身后窥探。其间，你灵机一动，立刻制订了计划，并在我离开后按照计划行事，把一切罪行都推到我身上，同时为了施展诡计封我的口，特意来到这个房间威胁我……不，不对……不是这样……不是这样的……"

我突然灵光一闪，单腿跳了起来。

我凝视着眼前的灵感，激动地叫喊起来。我可以毫无遗憾地证明自己绝对而无限彻底的清白。

"我……我什么都没做。从昨天傍晚起，我就没出过这个房间……你这个浑蛋……这……这条毛巾是你弄湿的。那个褐色皮包也是你拿来的。你果然是催眠术的高手。"

"……"

"我和这起案件……没……没有任何关系……我在你的巧妙暗示下，从昨天下午到今天，一直躺在这张床上睡觉，并且一直在做你暗示的梦。什么梦游症患者会在自己不知情的情况下偷东西、杀人，这些案例全都是听你说的……我一直梦见自己在做同样的事。而你在恰当的时机把我唤醒……仅此而已，就是这样……"

"……"

"而且，仅仅做了这点儿手脚，我就差点儿成了你的替罪羊。你让我以为你所犯下的罪行都是我做的，让我一生背负你的罪名，从此坠入地狱的深渊。我明明没有任何罪过……明明什么都没有做……啊，你这个畜生！"

我的眼中充满泪水，连副院长的脸都看不清了。但我还是继续怒吼着。

"啊！没想到……真没想到。我太蠢了，太愚蠢了。直到现在我才意识到，你对我说的梦游症的故事，包含着如此巧妙的暗示。啊！你这个魔鬼……怪物……"

说到这里我实在不堪忍受，用一只手擦去泪水。

为了继续咒骂副院长，我猛地瞪大眼睛。然而就势眨了两下，我不禁咽了一口唾沫，看着眼前的景象，目瞪口呆。

不知什么时候，我拿起了一根拐杖，砸在副院长凌乱的头发上。

分成两叉的顶端朝上，被我的双手紧紧握住，还在激动地颤抖着……那下面是副院长完全变了模样的脸……失神般无力张开的嘴唇、布满血丝的白眼、放大的瞳孔、单边挑起的眉毛。蜿蜒在额头中央的青筋……魔鬼的表情……怪物的面具……

高举在那上面的拐杖，从颤抖逐渐变成细微的战栗。我看着它迅速接近于紧张的静止状态，仿佛马上就要打在我头上似的。

我抬头望着那根拐杖，慢慢向床上退去。我一只手撑在背后，一只手指着拐杖的方向，大声叫喊起来。

"救命！"

然而不可思议的是，那声音还没有变成声音，便化作又大又硬的圆球，堵在我的喉咙深处。

不知是几秒，还是几个世纪的无限时空，从我瞪大的眼睛前面流过。

……

"哥哥……哥哥，哥哥……哥哥……起床了……"

……

我猛地跳起来……环顾四周，只觉得亮得耀眼，又朦朦胧胧的，什么都看不见。我用拳头在眼睛周围揉了一遍又一遍，但是越揉反而越模糊。

一只温柔的女性手掌从后面摇晃我的肩膀。

"哥哥……是我呀。美代子。哦呵呵呵呵，已经九点多了……你醒醒呀。啊哈哈哈哈！"

"……"

"哥哥，你知道昨天夜里发生了什么吗？"

"……"

"唉,你真是的,睡呆了呀。连报纸都出了号外。你明明就在现场,居然什么都不知道……"

"……"

"我告诉你哟哥哥,歌原男爵的夫人,在对面那间特等病房里被人杀了。胸口插了一把尖锐的刀具,周围撒满了宝石和钞票……而且睡在旁边的女人全都被麻醉了,没人看到凶手的相貌。"

"……"

"正巧院长生病,副院长昨天晚上又去稻毛的结核病患者那里出诊,照顾了一整夜。这事闹得沸沸扬扬的。凶手还没抓到,不过报纸上说,怨恨歌原夫人的男人相当多,肯定是他们中的某个人干的。我看到号外,吓了一大跳,立刻赶过来……"

妹妹的声音渐渐变得害怕起来。

就在这时,对面传来另一个响亮而含混的声音,与她的声音重叠在一起。

"啊哈哈哈哈,新东先生,我回来了。我也是看了号外赶回来的。我还想会不会是你干的,啊哈哈哈哈!哎呀,外面已经乱成一锅粥了。刚好在玄关那里遇上你妹妹,就一起回来了,哈哈哈哈!给,这是礼物,说好的红梅烧。刚好你醒了,两个人一起吃吧。"

"哎呀,太不好意思了。哥哥,哥哥,你快道谢呀。这么多……你还睡……"

"啊哈哈哈哈!哈哈,你是不是又梦到腿了?"

"嗯……梦到腿了……"

"哎,是吗?梦到腿可是新东先生的拿手好戏……啊,开个玩笑……哇哈哈哈哈!"

"你这家伙……哦哈哈哈哈!"

"……"

怪梦

不知什么时候,我被关进了坚固的铁笼子。有人给我套上了白布做的病号服,缠上绷带,把我扔在水泥地的正中,摆成"大"字形。

……这里好像是精神病院。但我并不惊讶。

把我当作精神病患者关进这个铁笼子的,正是这个站在铁笼子外身穿医生服的我。

工厂

天色渐明。这是钢铁厂的寒冷早晨。

铸造工厂光线晦暗,连续燃烧了好几天的大坩埚,正透出夕阳般熟透的颜色。

黄色的灯光下,气罐的压力表指针无声地震颤了几分钟,蓄势冲破两百磅。

在这一刹那,整个裹在漆黑煤烟里的工厂都有种地下千丈般的死寂感。

这沉寂的一刹那暗示了某种不可预测的不祥预感,仿佛工厂即将爆炸……

我从容地抱起胳膊,在心底对预感中毫无来由、无从想象的事态发出冷笑,仰头望向高高天花板上的天窗,看到斜斜插入蓝天的烟囱喷出滚滚黑烟。那倾斜的烟囱半边闪耀着旭日的橄榄色光芒,仿佛马上就要劈头倒下来似的。我在这令人眩晕的错觉中用力摇了摇头。

由于父亲的猝死,我刚刚成为学士,就在毫无经验的状态下接手了这座工厂。而就在刚刚,我被迫有生以来第一次指挥现场作业。我预料到工人们将会如何侮辱与嘲讽年轻的新厂长……

但我不服输的灵魂将所有不祥的预感都压在心底深处。我以轻松自傲的态度，斜叼着金蝙蝠①，傲然环视工人们呼出的白气。

在我眼前，巨大的飞轮如同黑色的彩虹般露齿而笑。

在它后面，若干大小不一的齿轮潜藏在昨夜尚未褪尽的黑暗中，无穷无尽地啮合转动。

活塞杆一如既往伸着灰色的手臂……

水压铆钉机一如既往瞪视着阁楼中的黑暗……

蒸汽锤一如既往抬着一条腿……

它们都以超自然的巨大马力和物理法则造就的信念严阵以待，静候我下达指令。

某处传来嘶嘶嘶的声音，大约是蒸汽从安全阀的唇瓣中泄漏出来的声音吧……抑或是我耳底的鸣响……

某种力量升上我的背脊。右手自行高高举起。

工长点头离去。

工厂里所有层层叠叠的机器，开始极为缓慢地……缓慢地……苏醒。

蒸汽开始向工厂的每一个角落弥漫。

然后越来越快……终于在我周围卷起眼花缭乱的铁色漩涡……人类……狂人……超人……野兽……猛兽……怪兽……巨兽…… 所有的力量都无法撼动的铁之怒吼……这漆黑、残忍与冷酷的呻吟，蔓延到所有角落，足以在刹那间将任何伟大的精神诱入恐惧与死亡的错觉中。

---

① 香烟品牌。

那声音嘲讽着此前被撕裂、被切碎、被砍断的无数女工与童工的亡灵……

那声音咒骂着此前被敲碎的老员工的头盖骨……

那声音愚弄着很久以前被压断的壮汉的双腿……

那地狱的噪声漠视一切生命，只热衷于铁与火的激战……

遥远的木材厂传来旋转圆锯机的低声哀鸣，从后颈传到耳根，沁入并震颤每一根发丝。那声音也曾切断过若干手指、手臂，还斩入过某个年轻人的前额。那血迹至今还在木梁中间留下乌黑的痕迹。

众人将我父亲视为疯子。因为他是个没受过教育的丑怪老工人，但干起活儿来就会不分昼夜，冷漠的钢铁色眼眸精光四射。他是这座工厂的十字架与骄傲，也是对其他几十家钢铁厂的持续威胁。

所以，这座工厂里没有哪一台机器不曾夺走过一部分人体，乃至整条生命。漆黑的墙壁与天花板的每个角落都渗透了鲜血的惨叫与冷笑。这座工厂的工人就是如此热情，这座工厂的机器就是如此认真。

而且，我父亲的遗志还统治着这一切。它蔑视所有钢铁、血肉、灵魂，唆使它们彼此争斗、互相诅咒，以便创造出更新的、更加伟大的冷笑……那同时也是值得我微笑的满足。

"没关系，看我的吧。这根本易如反掌……"

我抱着胳膊悠然走出去，心中想着今后不知道要把多少生灵投做钢铁的饵食。耳朵渐渐熟悉了全工厂庄严到近乎荒谬的号叫、大声的号叫……我为极尽残虐的幻想而微笑，心中的得意达到最高潮。

"哇，厂、厂、厂长！"

一声近乎惨号的尖叫在我背后响起。

"又有人遭殃了吗?"

我立刻调动神经,然后慢慢转过身去。只见吊在吊钩上的太阳色大坩埚,正迸射着白灿灿的火花,摇摇晃晃逼向我的鼻尖,烧掉一切触摸它的东西……

我头晕目眩,飞身后退,踩碎了铸泵的模型,直到撞上工厂的大门才停下来,全身的血液都集中到心脏里。

五六个铸造工人跑到我面前不停鞠躬,为自己的疏忽道歉。

我大张着嘴,环顾他们的面庞……额头、脸颊、鼻尖上的轻微烫伤,在冷空气中火辣辣的……整座工厂的每个声音,听在耳朵里都是嘲笑……

"哎嘿嘿嘿嘿嘿嘿嘿!"

"哦呵呵呵呵呵呵呵!"

"咿嘻嘻嘻嘻嘻嘻嘻!"

"哈哈哈哈哈哈哈哈哈!"

"呼呼呼呼呼呼呼呼呼!"

"咯咯咯咯咯咯咯咯咯!"

"嘎嘎嘎嘎嘎嘎嘎嘎嘎!"

"嚯嚯嚯嚯嚯嚯嚯嚯嚯!"

"看呀,真是活该……"

空中

编号为 T11 的单翼侦察机掠过绿色的山野,开始以异常陡峭的角度上升。

"喂,Y 中尉,那架 11 单翼不要碰。你刚刚上任,不清楚情况。那东西的飞行员在空中莫名消失了两次,而且两次飞机都像奇迹一样着陆了,机身一点儿损伤都没有。发动机和机身都没问题,但大家都不敢开它,所以就把它收起来了。千万别碰……"

司令官苦口婆心的告诫、同事们目送我时的担忧神情,转眼间都像旧世纪的往事,消失在云层之下。很快我头上便出现了夏日的天空,在早晨清新的阳光下艳光四射,蔚蓝无边。

我很得意。

我不相信任何人,只相信对整个机身的精确检查能力、对天气的敏锐观察力,以及经历过无数危险的经验。我对司令官和同事们的迷信般担忧颇为反感,因而特意采用了这种陡峭的上升方式。连那种事都怕,还能上战场吗?

但是,在冲破寒冷云层的一角时,那样的反感消失得无影无踪。只剩下显示着两千五百米的高度计、螺旋桨安静到匪夷所思的呻吟,以及无可言喻的充沛灵感。

这架11号机太棒了……

已经突破了三百千米，竟然还这么安静……

而且这样的日子也不会遇到大气湍流……

如果没有云层该多好，我就能在这里进行一次高级特技飞行……

就在我一边浮想联翩，一边轻轻向上转舵时，忽然发现在我脚下相距两三百米的云层上，11号机的投影正在忽高忽低地相伴飞行。

看到这一幕，就连习惯了飞行的我，也不禁感觉到难以言喻的欢喜。在浩瀚天空的中央，我深刻地体会到唯有天空的征服者才能感受到的澄净满足。我的心怦怦直跳……十足的孩子气……

两千五百米的高度……

螺旋桨安静的呻吟声……

充沛的灵感……

我忘记了一切，眼中涌出热泪。独自一人飞行在太阳、蓝天、云层之间的感动之泪……为了抑制泪水，我在镜片后飞快眨了几下眼睛。

就在那一刹那……

在螺旋桨正前方如同巨大镜子般闪闪发亮的蓝天中，出现了一架小小的飞机，形状迅速变大……

我感到很惊奇。事情太过突然，让我怀疑自己的眼睛。正在思量间，对面的黑影越来越大，显出清晰的单翼身形。

我紧紧握住方向舵，做好了心理准备。

两千五百米的高度……

螺旋桨安静的呻吟声……

充沛的灵感……

我很震惊，咽了一口唾沫，瞪大眼睛。对面飞来的是与我驾驶的飞机分毫不差的陆上侦察机。飞行员似乎也是一个人。当然，我看不到机身的标记和编号……

两千五百米的高度……

安静的螺旋桨……

充沛的灵感……

蓝天……

太阳……

云层之海……

我大叫起来。

我用力向左转舵，想要躲避，同时对面的飞机也露出昏暗的左侧机腹，迂回一大圈，朝我迎面飞来。

我全身冷汗淋漓，心中想着怎么会有这么荒唐的事，慌慌张张地将机身向右转，对面的飞机像在效仿一样，露出炫目耀眼的右侧机腹，依然迎面飞来。

就像映在镜子里的影像……

我全身的神经都绷紧了，牙齿咔嗒作响。

就在此刻，我的机身似乎陷进了轻微的大气湍流，微微前倾。与此同时，对面的飞机也微微前倾，那一刹那我看到了对面飞机的标记，毫无疑问……那不正是……T11吗……

我刚想到这里，对面的飞机也和我一样同时调整好机翼。这样一来，两架飞机岂不是要迎面撞上……

我关掉开关。

解开安全带。

跳出座位。

在没有打开降落伞的状态下下坠了近百米。

对方和我是同样的姿势,也没有打开降落伞,如同炮弹一样坠落下去……我凝视着那张与我完全一致的脸庞……

无尽的蓝天……

炫目的太阳……

金光灿烂的云层之海……

马路

东京的深夜……

在俱乐部玩到现在，我累得筋疲力尽，一个人耷拉着脑袋拖着身子往家走。突然我抬起头，因为前方一下子明亮起来。

就在这时，骤然响起的汽笛声吓了我一跳，我还没来得及后退，一辆汽车便如同疾风般从我身边掠过。车后尘土飞扬，汽油味扑鼻而来。写着"4444"的车牌与红色尾灯眼看着迅速变小。

咦？那辆汽车的主人难道是人偶娃娃？那张侧脸太漂亮了。穿的衣服没怎么看清楚，但头发束成水滴状，脸庞用白粉涂得雪白，在绿色的灯光下显得格外清澈。黑水晶般的眼睛睁得大大的，含着若有似无的微笑，和司机一同笔直凝视着正前方。那挺胸昂首的端庄坐姿委实像个人偶……正在我暗自思量的时候，后面又来了一辆汽车。

我连忙转头去看。

那辆车的主人是位头戴巴拿马帽的绅士。他面泛红光，身形富态，正是典型的富豪模样。他双手端端正正放在膝头，微微挺胸，和司机一同面带微笑笔直凝视正前方，从我面前嗖地开过。那汽车的车牌号是11111……

是人偶，是人偶。刚才那位绅士绝对是人偶。哎呀，好古怪……

我正在诧异的时候，又看到对面开来一辆汽车，不禁傻望着那车的内部，呆若木鸡。

这辆车里是位身穿金缕法衣的和尚。那人偶相貌年轻，鼻梁高挺，器宇不凡。他低垂双眼，双手合十，汽车倏忽远去。

我浑身颤抖不已。马路上寂静无声，天空中繁星点点。

我独自一人，目睹了深夜的东京怪谈……

我感觉有某种神秘莫测、狰狞可怖的庞然大物正在朝我逼近。我加快脚步，只想早点儿回家。

就在这时，两辆汽车分别从我前后两边无声无息地驶了过来。

那是我……

和我梦中的……

婚礼当天的模样……

我夺路而逃，冲进俱乐部的玄关，一头栽倒在地垫上。

"救命！"

医院

不知什么时候，我被关进了坚固的铁笼子。有人给我套上了白布做的病号服，缠上绷带，把我扔在水泥地的正中，摆成"大"字形。

……这里好像是精神病院。

但我并不惊讶。我就这样躺在地上，没有起身，默默思考。因为我知道，如果这里是精神病院，那么再怎么闹也没用。越是吵闹，越会遭殃。况且现在是深夜，这里似乎是一家相当大的医院，但一点儿声音都没有。不能闹，不能发火。千万不能。不能哭也不能笑。那样只会让他们更相信我是个疯子……

我慢吞吞地在水泥地中央坐起来，双手并放在膝头，安安静静地坐着，半睁眼睛，注视着铁笼子上一根根铁棍的根部，权当以此平静心神。

果然，我的神经很快平静下来。面积相当大的医院里，每个角落都鸦雀无声。

就在这时，有个人慢悠悠地从铁笼子的正对面走过来。那好像是个身穿白色医生服的年轻男子，似乎正在思考什么，步伐缓慢地走在走廊里。走廊里铺了木地板，比我坐的水泥地高出一尺左右。不久，他来到铁笼子前，冷不丁停下脚步，双手依旧插在口袋里，似乎在俯视我，兼做拖鞋的鞋子并排落在我的眼前，一动不动。

我慢吞吞抬起头。

首先映入我眼帘的是膝盖鼓起的条纹裤子和沾了墨水的医生服。不过,那条纹裤子和医生服似乎在哪里见过。我微微闭上眼睛思索,猛然间回想起来,顿时瞪大了眼睛,抬头去看那张脸。

果然如我所料,那张脸……苍白瘦削……头发被搔得乱蓬蓬的……疏于打理……低垂的黑色眼眸透出忧郁的神色……宛如受难的基督……

那是我……正是曾经在这家医院的医务局实习过的我。

我的心怦怦跳了起来,随即又发出"咚咚咚咚"的声音……然后扑通扑通地安静下来。

银河漂浮在医生服背后的巨大建筑之上,像回忆般熠熠生辉。

与此同时,我感觉一切疑问都解决了。把我当作精神病患者关进这个铁笼子的,正是这个站在铁笼子外身穿医生服的我。这个身穿医生服的我,肯定是因为过度研究自己的大脑,表现出精神上的异常,因而把我误认为是自己,关进这个笼子。如果没有这个"身穿医生服的我",我就不会被当成疯子看待。

意识到这一点,我不由得火冒三丈。我忘了自己的身份,怒视铁笼子外的我,怒吼起来。

"你……你来干什么!"

那声音在医院里引发了巨大的回声,在回荡了好几次之后慢慢消失。但外面的我神色毫无变化。他双手依然插在医生服的口袋里,还是用基督般的忧郁眼神俯视我,用平静而清澈的声音回答:

"我来探望你。"

我越发愤怒。

"不需要你来探望。你这个浑蛋……快点儿滚回去,好好干你的活儿！"

听着我粗鲁的声音回荡，我忽然感觉自己的双眼有些发热，我也不知道是什么缘故。然而外面的我似乎越发冷静，薄薄的嘴唇边现出微微的冷笑。

"这样监视你，正是我的工作。在你彻底发疯时，我的研究就完成了。而且我觉得快了……"

"你……你这个畜生……你……你是在把我……当玩具吗？你这个冷血动物……"

"科学总是冷血的……哈哈！"

他笑得露出白色的牙齿，突然抬起头来，像是仰天长啸一般。

我怒火攻心，猛然站起身，从铁笼子里探出双臂，揪住他的衣襟使劲推搡。

"你……把我从这里放出去……打开这个笼子……我们一起完成研究……好不好……求求你……"

我不由自主地哭了起来，几行咸涩的泪水流进喉咙里。

然而身穿医生服的我既没有反抗，也没有逃开。他任凭自己被身穿病号服的我推搡，难受般说：

"不……不行……你是我的……重要的研究材料……不能放你出来……"

"什……什么……你说什么……"

"放你……出来……就做不成实验了……"

我不由得放松手上的力道，把他拉到自己面前，恨不得在他脸上瞪出一个洞来。

"你说什么？你再说一遍！"

"再说几遍都一样。我必须把你关在这个笼子里，让你彻底发疯。

那份进展报告会成为我的学位论文。那将有益于国家、社会……"

"你……那就……随你的便吧……"

话音未落,我便一把揪住他凌乱的头发,一拳打在他的鼻子和眼睛之间。鼻血立刻滴了下来。我用尽全力把他瘫软的身体朝对面推去,在深夜的走廊里发出巨大的声响。咚——回音久久不散。他就像死了一样,一动不动。

"哈哈哈……活该啊……哈哈哈哈!"

七株海藻

阴沉的天空下，我悄无声息地沉入阴郁的浅灰色海底。根据官方的命令，去确认满载金币的沉船欧拉斯号的位置。

潜水服中的气压逐渐升高，耳底开始嗡嗡作响。紧接着心脏的悸动也带着咚咚、哐哐的杂音回荡在头盖骨里。随着这些变化，周围的寂静显得越发深邃。

远方似乎响起梵钟……

灰色的海藻碎片倏忽上浮，灰色的小鱼群也排成整齐的队伍，跟随着消失在上方。

眼前渐渐暗淡下来。

终于，我沉到了伸手不见五指的漆黑处，厚重的鞋底似乎落在了海底的淤泥上。

我拉动信号绳，通知海面上的同伴。

借助潜水头盔上的灯光，我慢慢走了起来，翻过一座又一座灰色沙丘的圆形缓坡。

但是走了又走，到处都是同样的圆形沙丘，不要说船影，就连一枚贝壳都没有看到。不仅如此，我走了半晌，注意到周围不知何时微微有了光亮，充满了磷火般苍白的光芒，仿佛是沙漠的黄昏，又像是去往黄泉的路途，无边无际，诡异可怖……

我悄然改换方向。因为我有种预感,似乎某个不详的事件正在前方等待着我。然而还没转半圈,我便错愕地僵住了。

不知什么时候,一片形态难以形容的海藻森林,出现在紧挨着我后背的地方。在连绵起伏的沙丘背景下,它们正在朝我逼近。

海藻森林……每一株海藻都有五六尺到一丈那么高,呈椭圆形,像是具有圆形头部的马尾藻。根部盘根错节,通过细绳连在海底。它们或是并列或是重叠,宛如墓碑般垂直竖立。在苍白的磷光中漆黑而醒目。仔细数去,共有七株。

我目瞪口呆,心脏怦怦直跳,缓缓退后两三步。

这时,在那巨大的海藻群中,离我最近的一株发出了人类的声音。

低沉、嘶哑的声音,

"喂……"

我感觉全身上下的骨头都仿佛冻成了冰。我不知道那声音到底来自哪里,只感觉自己遇上了无比可怕的妖怪,继续不停后退。这时,右边一株高约八尺的海藻中又传出浑浊而倦怠的声音。

"你……是来找金币的吧?"

我的心跳再度加快,然后突然静止下来,完全不动了。我感觉某种比妖怪更可怕的东西盯着我。

这时候,最远处一株有些离群的低矮海藻中传来悲伤而温婉的女子声音。

"我们不是妖怪。你在找欧拉斯号对吧?我们就是船长夫妇……和独生女……还有舵手……以及三名水手的尸体……刚才和你说话的是船长,我是他的妻子。你明白了吗?还有,一开始叫住你的是大副。"

"你仔细听好了……我们三个人都支持欧拉斯号的船长。"另一个嘶哑的声音说。

"所以欧拉斯号上那些狼心狗肺的水手将我们打死,套上帆布袋,涂上沥青和焦油加固,又在脚上绑了重物,把我们丢进了大海。"

"……"

"然后……其他人把船的碎片撒在海面上,伪装成沉船的模样,掩盖了行踪。"

"……"

"带头的浑蛋回到故乡,还向警察撒谎,装作一个人死里逃生的样子……还到处宣扬船沉在这里……"

"真的哦,叔叔……那个人当着我爸爸妈妈的面掐死了我。叔叔应该最清楚的吧?"

最后传来一个女孩子悦耳而悲伤的声音。大约是最矮的那株海藻发出来的声音。随后,一切都彻底安静下来,只有嘶嘶的抽泣声沁入海水,向我涌来。

我僵立在原地,无法动弹,渐渐失去意识,连拉信号绳的力气都没有。

我,就是那个带头的水手长……

远方似乎响起梵钟……

玻璃世界

世界直到尽头，全是玻璃做的。

不要说河流与海洋，就连城镇、房屋、路桥、树木、森林、山峦，全都像水晶般晶莹剔透。

在这片景色的中心，玻璃铺就的道路笔直延伸到地平线处。我穿着冰鞋，沿着玻璃道路笔直滑行，滑呀，滑呀……

我背后有一幢大楼，其中一个房间被鲜血染得通红，从楼外可以看得清清楚楚。不管回头多少次，依然清晰可见。透过房屋、透过路桥、透过树木……因为一切都是玻璃做的。

我刚刚在那个房间里杀了一个女人。然而一个侦探在遥远的警局瞭望塔上透视四方，他看到了那个房间在我的罪行中变得通红，立刻和我一样穿上冰鞋，从警局玄关处朝我的方向滑来。他施展滑冰秘术，宛如离弦之箭，径直向我滑来。

见状，我也奋力逃窜，同样施展滑冰秘术，如箭如电，笔直前进……

在湛蓝的天空下，在闪闪发光的永无尽头的玻璃道路上，追赶的侦探与逃亡的我彼此洞悉对方的身影，无法隐藏、令人窒息……

侦探逐渐加快速度，所以我也拼命脚尖用力。我抢占了先机，加速度让我逐渐拉开两人之间的距离。

我转身倒滑,张开右手对准远远追赶的侦探,拇指抵在鼻尖,用手指嘲讽、侮辱他。

从远处也能清楚地看到侦探的脸涨得通红,大概正在咬牙切齿地骂我吧。他像溺水者似的挥舞双手,发疯般蹬着玻璃道路,那副模样着实可笑。看啊……我一边想,忽然又担心这样说不定会被他追上,于是轻快地转过身去,结果大吃一惊。不知不觉间,我已经来到地平线的尽头……脚下是无垠的虚空。

我惊慌失措,努力想要停住,却一脚踩空,身体摔在玻璃道路上。我摊开沾满鲜血的双手想要撑住身体,然而滑行的惯性并不领情。我的身体就这样直直摔出了地平线尽头,栽进无垠的虚空。

我咬紧牙关去抓虚空,疯狂挥舞四肢,但什么都抓不到。

就在这时,侦探的脸突然从切得笔直的地平线尽头冒了出来。他看着正在下坠的我,露出一口白牙。

"你明白了吗?把你从玻璃世界赶出去,正是我的目的。"

"……"

我这时才知道自己上当了,不由得万念俱灰,双手捂脸,号啕大哭,在无垠的空间里无休无止地坠落下去……

大楼

我直直躺在位于那黑暗中心的值班室床上,头朝着与隔壁房间相邻的墙壁,独自一人呼呼大睡。

就在这时,一墙之隔的旁边房间传来睡梦中嘶嘶的呼声,和我的节奏全然一致,与我的呼吸极为相仿,静静的、静静的……

另一个我,睡在一墙之隔的旁边房间里。他也在呼呼大睡,头朝着我的头的方向,腿朝着我的腿相反的方向,就像在镜子里映出我的睡姿一样。

这是一幢巨大的方形大楼。

所有可以称之为窗户的窗户都紧紧关着，所有可以称之为房间的房间全都笼罩在黑暗里。

此时此刻，黄色的纤细弦月挂在那巨大的黑色四方形的黑暗一角，一点点向下沉去。

我直直躺在位于那黑暗中心的值班室床上，头朝着与隔壁房间相邻的墙壁，独自一人呼呼大睡。

我筋疲力尽，只顾埋头大睡，连思考的力气都没有。

我的意识朝着原点方向轰隆隆前进，在无限的时空中划出无穷的抛物线。

就在这时，一墙之隔的旁边房间传来睡梦中嘶嘶的呼吸声，和我的节奏全然一致，与我的呼吸极为相仿，静静的，静静的……

另一个我，睡在一墙之隔的旁边房间里。他也在呼呼大睡，头朝着我的头的方向，腿朝着我的腿相反的方向，就像在镜子里映出我的睡姿一样。

墙那边我的也同样筋疲力尽，只顾埋头大睡，连思考的力气都没有。而那个意识也在朝着原点方向轰隆隆前进，在无限的时空中划出无穷的抛物线。轰隆隆——

我突然醒来，猛地跳起。我很想看看隔壁房间。

但我在黑暗中支着上半身，犹豫不决。如果在偷看隔壁房间的时候，发现和我一样的我却在呼呼大睡，那将会多么可怕……话说回来，如果隔壁房间空无一人，那恐怖感更会成倍增加……

我这样想了好几秒，也可能是好几分钟，直直凝视着眼前黑暗的核心。凝视着……

就在这时，某种突如其来的决心向我袭来。我像是被那决心狠踢了一脚似的，光着脚从床上跳下来，奔出值班室，跑过隔壁房间，在黑暗的走廊里猛冲。

于是我迎面撞上了某个漆黑的人类般的东西，两具身体哐当倒在人造石地板上，就这样失去了意识。

耳中清楚听到整幢巨型大楼在深夜里发出"哈——哈——哈——"的笑声……

瓶装地狱

无论是照耀这座小岛的太阳，还是歌唱的鹦鹉、飞舞的极乐鸟，又或是甲虫、飞蛾、椰树、凤梨、花朵的颜色、野草的芳香、大海、白云、微风、彩虹，全都与彩子那炫目的身影、扑鼻的体香混为一体，化作骨碌碌旋转的耀眼漩涡，从四面八方朝我袭来，仿佛要将我扼死一般……

啊，这是多么可怕的折磨！这座美丽、快乐的小岛，正是不折不扣的地狱。

上帝啊，上帝。您为什么不索性屠杀我们呢……

海洋研究所 台鉴

适逢贵所鸿猷大展，行止佳顺之际，谨致衷心问候。

我处曾晓谕岛民，凡拾得赤蜡封口啤酒瓶者，应为贵所研究潮流之用，当及时上报。

前日，本岛南岸发现三只树脂蜡封酒瓶，故于随信包裹奉上。

三只酒瓶相隔约为半里至一里，或埋于沙中，或嵌于石间，似为许久前漂流而至。且瓶中物亦非贵所公文所示之官版邮片，乃杂书手记残页，因而无从依命记录漂流日期等信息。

然念及此物或可用作某种参考，故以村费将这三只酒瓶原样寄出，敬请查收。

专此布达，并祝

研安

××岛村政府（公章）

×月×日

第一瓶的内容

父亲、母亲、诸位好心人：

啊……终于有船来这座孤岛了。

那是一艘大船，上面有两根大大的烟囱。一只救生艇从船上放到了波涛汹涌的海面上。一群人站在船上目送救生艇离去，那群人里有两个熟悉的身影，似乎是父亲和母亲。啊，从我们这里都能清清楚楚地看见他们朝我们挥舞白手帕。

父亲和母亲肯定是看到了我们最早扔出去的啤酒瓶，读了里面的信，过来救我们了。

大船喷出雪白的烟雾。我们听到响亮的汽笛声，就像在说"现在就去救你们"。那声音把这座小岛上的飞鸟、昆虫都吓得飞了起来，消失在遥远的海上。

但是，在我们俩听来，那声音比最终审判日更加恐怖。仿佛天地在我们面前崩裂，上帝的神光与地狱的火焰一同迸发。

啊，我的手颤抖不已，我的心惊慌难抑。泪水遮住了我的视线。

接下来，我们俩将要爬上直面那艘大船的高高悬崖，紧紧抱在一起，纵身跳下深渊，让父亲、母亲、还有来救我们的水手都清清楚楚看到那一幕。一直游弋在悬崖下的鲨鱼，想必马上就会把我们吃掉。然后救生艇上的人会发现海面上漂着一个啤酒瓶，捡起来会发现里面装着这封信。

啊,父亲,母亲,对不起,对不起,对不起,对不起。请当作你们一开始就没有我们这两个孩子吧。

此外,对于特意从遥远故乡赶来救援的各位,我们真的很抱歉。你们好心赶来救援,我们却做出这样的事,实在很对不起。同时也请体恤我们的不幸命运,因为在终于得以返回人类世界、回到父母怀抱的欢愉时刻,我们却不得不选择死亡。

唯有以这样的方式惩罚我们的肉体和灵魂,才能偿还我们犯下的罪业。在这孤岛上,我们俩犯下了无比可怕的邪恶罪行,因而理当承受这样的惩罚。

请原谅我们无法做出更多的忏悔。因为我们俩如此狂妄自大,只配成为鲨鱼的饵食……

啊,永别了。

上帝与人类都无法拯救的

两个可怜人

第二瓶的内容

啊,洞微烛幽的上帝。

除了死,再没有别的办法能把我从这困顿中解救出来吗?

我曾经多少次独自一人爬上那被我们称为"上帝足凳"的高高悬崖,俯瞰几条鲨鱼在下面的无底深渊中游弋。我也曾经好几次想过纵身跳下去。然而每次想到可怜的彩子,便只能发出宛如灵魂之死般的深邃叹息,从岩石的棱角处下来。因为我十分清楚,如果我死了,彩子也一定会纵身投海。

*

自从随行的保姆夫妇、chuánzhǎng、sījī[①] 都被海浪卷走,我和彩子两个人靠着那条船漂到这座孤岛上以来,已经过了多少年?这座小岛终年都像夏天,完全不知道什么时候是圣诞,什么时候是新年。我想大概十多年了吧。

当时我们随身带的东西只有一支 qiānbǐ,一把 Knife,一本

[①] 原文的"船长""司机"都是用假名写的,因而这里译成拼音,以示区别。下文的"铅笔""放大镜"也是如此。

Notebook[①]，一个fàngdàjìng，以及三个装了水的啤酒瓶，还有一本小小的《圣经》，仅此而已。

但是，我们很幸福。

这座小岛绿意盎然，除了偶见的大蚂蚁之外，没有任何骚扰我们的飞禽走兽或昆虫，还为当时十一岁的我和刚满七岁的彩子准备了过于丰饶的食物。岛上有bāge、鹦鹉、只在画上见过的天堂鸟，以及未曾见过也未曾听说过的美丽蝴蝶。还有美味可口的椰子、菠萝、香蕉，紫色与红色的硕大花朵，香气扑鼻的小草，整年都随处可见的大大小小的鸟蛋。不管飞鸟还是游鱼，只要拿根棍子敲打就能抓住，要多少有多少。

我们把这些东西收集到一起，用fàngdàjìng聚焦阳光，点燃枯草和海上漂来的木头，将它们烤熟了吃。

没过多久，我们便在小岛东边的海角与磐石间，发现了一口只在退潮时出现的清冽甘泉，于是拆了损坏的小船，在附近的沙滩岩石间搭了一间小屋，铺上柔软的枯草，让我和彩子两个人能够睡在里面。然后又用船上的旧钉子，在紧挨小屋的岩石侧面挖出一个方形小洞，用作小小的仓库。不过后来随着日晒雨淋和岩角磨蹭，我们的衣服变得破烂不堪，两个人都像真正的yěmán人一样赤身裸体，但我们每天早晚两次，还是会攀上那"上帝足凳"，诵读《圣经》，为父亲和母亲祈祷。

后来我们给父亲和母亲写了一封信，装进那宝贵的啤酒瓶中的一只，用树脂牢牢封住，把瓶子亲吻了一遍又一遍，然后将它抛入大海。那只瓶子绕着这座岛转了几圈，终于被洋流带走，漂向海洋

[①] 原文的"小刀""笔记本"都是用片假名写的，因而处理成英文，以示区别。

深处，再也没有回到这座岛上。从那以后，为了给前来救援的人做标记，我们便在"上帝足凳"的最高处竖起长长的木棍，并且总是在那上面挂些绿色的树叶。

我们有时候也会争吵，但很快就会和好。我们还会玩学校游戏，我经常把彩子当作学生，教她写字，还有《圣经》上的句子。我们俩将《圣经》看作父亲、母亲和老师，比 fàngdàjìng 和啤酒瓶更珍重，总是把它放在岩洞里架子的最高处。我们真的非常幸福安康。这座小岛宛如天堂。

*

谁能料到，在这样的孤岛上，在唯有我们两人的幸福世界里，会有可怕的魔鬼悄悄潜入呢？

然而，它其实已然潜入了。

我不知道那是从什么时候开始的，但随着岁月的流逝，在我眼中，彩子的肉体成长得宛如奇迹般丰腴美丽。她有时如同花的精灵一般光彩耀眼，有时又像魔鬼一般妖艳动人……而我在看到她的时候，不知为何总会感觉神思恍惚，哀切黯然。

"哥哥……"

每当彩子这样喊我，眼睛里闪烁着纯洁无邪的光芒，扑到我肩上时，我的胸口就会涌起与以往完全不同的兴奋感。同时，我又充满畏惧，战栗不已，仿佛自己的心灵将会遭受沉沦的劫难。

然而，彩子的态度也渐渐起了变化。她也和我一样，开始用一种与以往完全不同，更温柔且脉脉含情的眼神看我。与此同时，对于触摸我的身体，她也表现出羞耻与哀伤。

我们不再争吵，取而代之的是满面的愁容和不时的叹息。因为我们开始感到，两个人孤零零地生活在这座孤岛上，有种无法用语言形容的悲伤、欢喜与寂寞。不仅如此，当我们彼此相望，便会觉得眼前仿佛笼罩着死亡阴影般的黑暗。也不知那是上帝的启示，还是魔鬼的戏弄，忽然伴随着心头一震清醒过来。这样的情况每天都会反复发生。

我们彼此都清楚对方的心意，却畏惧上帝的惩罚，不敢说出口。如果做了那样的事，而救援船来了，那该怎么办？我们虽然什么都没说，但都明白对方的担心。

然而，在一个静谧晴朗的午后，我们吃完烤海龟蛋，来到沙滩上，眺望浮在远方海面上的白云时，彩子忽然说出这样一句话：

"哥哥，如果我们两人中有一个生病死掉了，剩下的那个该怎么办呢？"

说这话的时候，彩子的脸涨得通红，她低着头，泪水扑簌簌地落在被太阳晒得滚烫的沙子上，露出无法形容的悲伤笑容。

*

我不知道当时自己脸上是什么表情。我只感觉喘不上气，心脏狂跳得简直像要炸开似的。我像哑了一样说不出话，只得站起身离开彩子。我攀上"上帝足凳"，揪着自己的头发伏倒在地。

"啊，神圣万能的上帝。

"彩子什么都不知道，所以才会对我说出那样的话。请不要惩罚那位处女，并请永远永远守护她的纯洁。我也会……

"啊，可是……可是……

"啊,上帝,我该怎么办才好?该怎样从这场苦难中得救?我如果活下去,就会给彩子招来无上的罪恶。但我如果死了,又会给彩子带去更加深重的悲伤与痛苦。啊,我该怎么办才好……

"啊,上帝……

"我的头发沾满沙子,我的肚子贴上岩石。如果我期盼死亡的愿望符合您的圣意,请即刻将我的生命付与燃烧的闪电吧!

"啊,洞微烛幽之天父。愿人都尊你的名为圣,愿你的旨意行在地上……"

然而上帝并没有示下任何旨意。蔚蓝的天空中只有如丝絮般流动的耀眼白云。悬崖下翻滚着湛蓝雪白的波涛,嬉戏的鲨鱼不时露出尾巴和背鳍。

我久久凝望着那清澄的无底深渊,渐渐感到头晕目眩。我不由得踉跄起来,险些掉进海浪崩碎的泡沫中,好不容易才在悬崖边站定。我突然下了决心,跳回悬崖最高处,将竖在那绝顶处的木棒,还有绑在顶端的椰树枯叶一并扯了下来,投进眼前的深渊。

"现在没关系了。这样一来,就算救援船来了,也会直接开过去的吧。"

想到这里,我发出呵呵的嘲笑声,像一头孤狼似的冲下悬崖,奔进小屋,拿起翻在《诗篇》处的《圣经》[①],把它放在烤海龟蛋的余烬上,又往上面撒了枯草,将火吹旺。然后我尽情大喊彩子的名字,向沙滩的方向奔去,四下张望。但是……

我看到彩子远远跪在突入海中的海角巨石上,仰望天空,像是在祈祷。

[①] 《诗篇》为《圣经》中的内容。

*

我跟跟跄跄地向她背后跑去。汹涌的海浪拍打着紫色的巨石，夕阳将那处女背影照得宛如鲜血般耀眼，显得无比神圣……

潮水迅速上涨，开始冲刷她膝下的海藻。然而她似乎一无所觉，沐浴在金色的余晖中专心祈祷，那崇高的身影光辉夺目……

我一时间呆若木鸡，怔怔地望着她。然而，我突然意识到彩子决心做什么，惊得飞身跳起，拼命向她跑去，顾不上浑身的划伤，爬上满是贝蛎的海角巨石。我用双臂紧紧抱住发疯般挣扎哭喊的彩子，弄得浑身是血，好不容易才回到小屋。

然而我们的小屋已经不在了。它与《圣经》和枯草一并化作白烟，消失在遥远的蓝天中。

*

从此，我们的肉体与灵魂都被放逐到真正的黑暗中。无论白天黑夜，我们都只能咬牙忍耐，恸哭哀悼。我们彼此的拥抱、安慰、勉励、祈祷、互诉悲伤，都成了愚不可及的行为，甚至感觉无法再睡在同一个地方。

这大约是对我烧毁《圣经》的惩罚吧。

夜晚，点点的星光、海浪的轰鸣、虫豸的鸣叫，还有风吹树叶的声音、野果坠地的声音，那一声声仿佛都化作《圣经》的词句，包围着我们，一步步向我们逼近。而我们离得远远地躺着，无法动弹，也无法入睡，心中满是恐惧，仿佛感觉到两个人苦苦挣扎的内心正受着隐秘的窥探。

在如此漫长的夜晚后,是同样漫长的白昼。无论是照耀这座小岛的太阳,还是歌唱的鹦鹉、飞舞的极乐鸟,又或是甲虫、飞蛾、椰树、凤梨、花朵的颜色、野草的芳香、大海、白云、微风、彩虹,全都与彩子那炫目的身影、扑鼻的体香混为一体,化作骨碌碌旋转的耀眼漩涡,从四面八方朝我袭来,仿佛要将我扼死一般。而在其中与我同样忍受着煎熬的彩子,则用挑逗似的眼眸盯着我,眼神中既有上帝般的悲悯,也有魔鬼般的微笑。

*

铅笔[①] 快用完了,写不了多长了。

我想把我们经历了如此多的虐待与迫害却依然畏惧上帝责罚的两颗真心,封在这个瓶子里,扔进大海。

在我们尚未屈服于魔鬼的诱惑之时……

在两人至少肉体还保持着纯洁之时……

*

啊,上帝……尽管遭受了如此折磨,我们却从未生过病,反而在这座小岛的清风、泉水、丰盛的食物、美丽的花朵、快乐的鸟儿的庇护下,一天天成长得更加丰腴、健康、美丽……

啊,这是多么可怕的折磨!这座美丽、快乐的小岛,正是不折

---

① 原文中此处的"铅笔"为汉字,与上文不同。

不扣的地狱。

上帝啊，上帝。您为什么不索性屠杀我们呢……

——太郎记

第三瓶的内容

爸爸，妈妈，我们 dōu 在 dǎo 上，过得 hěn 好，快来 jiù 我们。

市川太郎

shì chuān cǎi zǐ[①]

[①] 第三封信为儿童语气，基本都以假名书写，因而译文也以夹杂拼音的方式处理。署名处应该是两个孩子分别亲笔写下自己的名字。哥哥年长，能写汉字，妹妹年幼，只能写假名。

少女地獄　何んでも無い

少女地狱 之 无中生有

❈

在这个善恶无报的世界，没有神也没有佛、没有血也没有泪、没有绿洲也没有蜃楼的沙漠般的世界……在这片干涸的巨大空间里，她相信诞生于自己幻想的虚构世界才是唯一无上的天堂，用她的生命紧紧拥抱的那个天堂。对于她的那般心绪，小生等人每每念及都会心生怜悯。她无比珍视的天堂、她创造出的无上珍贵的天堂……就像孩子紧紧抱住的美丽玩具一样，毫无来由地被打碎、被毁灭，因而最终只有选择自杀……

白鹰秀麿兄：

前日小生得以在丸之内俱乐部的庚戌会上短暂拜会兄台，深感荣幸。小生是与兄台同样出身于九州帝国大学耳鼻喉专业的后辈。去年，即昭和八年六月初旬起，小生于横滨市宫崎町挂牌臼杵耳鼻科，冒昧寄出此封奇怪的信件，失礼之处唯望海涵。

只因姬草百合子自杀身亡。

百合子人如其名，楚楚可怜、清纯无垢，却在诅咒兄台与小生的名号中自杀。那乳鸽般的小小胸膛中浮现出诸多毫无根据的妄想，莫说兄台与小生的家庭，便是整个东京都的报纸、警局，乃至神奈川县的司法当局，其女都妄图将之用作构建虚拟天堂的材料，却绘出一幅充满压迫感的地狱画卷，令人战栗不已。其女自身终究葬身于其所创作的地狱画卷之深渊。然而其女以自身之死证实了该幅地狱画卷的存在，将小生等推入佛教中所谓的永劫之战栗、恐惧之无间地狱……

乍看之下，其女虚构的内容仅是一连串普普通通、毫不起眼的事件，背后却脉动着不可思议且令人恐惧的少女心理。其女对那心理作用如何执着，小生负有异常的责任，必须为兄台逐一说明、解剖、分析。

而且，那困难之极、颇为异常的责任，也是于本日午后，由一位未曾预料的未知人物压在我双肩上的……因此这一份特别的报告书，请允许小生依序由那位不可思议的未知人物开始写起。

那是本日午后一时许发生的事。

重症脑膜炎患者的手术令我筋疲力尽，我躺在没有患者的诊室长椅上，听着玻璃窗外横滨港的汽笛声，还有窗下往来行人的杂音。昏昏欲睡间，忽然玄关的门铃响起，一个黑色的男子身影静静闪了进来。

我跳起来看，却见那男子的风采宛如外国电影中的神探。年纪大约四十四五岁，长脸、浓眉、细长的深邃双眼分在端正高挺的鼻梁左右，射出锐利的黑色光芒，给人的感觉恰如日本版的夏洛克·福尔摩斯。他的黝黑皮肤与我相仿，体形颀长、健壮，身穿剪裁合体的黑色晨礼服，头戴崭新的黑色天鹅绒帽，脚上是黑色的漆皮鞋，手握银头蛇木杖，风度无可挑剔。他反手轻轻关上诊室的门，扫视只有我一人在内的房间，停下脚步，礼貌地脱下帽子，低下巧妙遮掩了秃顶的头向我致意。

我轻率地认为这是新来的患者，因而亲切地起身招呼，请他坐到雅各宾式椅子上。

"请坐。我是臼杵医生。"

但那位绅士依然站在那里，如同一个冰冷的黑色影子。他微微垂下眼睛，像是在说"我知道"，但又不发一言，只是将光滑苍白的手掌伸进上衣内袋，取出一张卡片型的纸，意味深长地看了我一眼，将纸放在旁边的小桌上，朝我推来。

于是我可笑地以为来了一位哑巴患者。拿起那张纸一看，却见上面用小学生般的蹩脚铅笔字一笔一画地写着："您可知道姬草百合子的行踪？"

我愕然抬头望向那位男子。他的身高怕不是有五尺七八寸？

"啊哈哈，不知道啊。因为她什么也没说就走了……"

我当即答道。但与此同时，直觉告诉我，这个男子恐怕就是和姬草百合子同谋的黑手，来这里恐怕是要威胁我，必须一口咬定……我在心中暗自做了决定，不过表面上还是不动声色，依旧装出普通的执业医生般的态度。我心中暗忖，幸好自己不知道姬草百合子的行踪，如果说知道，恐怕马上就会受到胁迫。

那位绅士用那双冰冷而充满执念的深邃黑色眼眸凝视了我十几秒，终于又从上衣内袋取出一个白色信封，恭恭敬敬放在我面前，露出浅笑，仿佛在说"请看信"……

白色信封里装的是普普通通的信笺，上面写的毫无疑问是姬草百合子的钢笔字，然而处处都是污渍，又有奇怪的抖动，有种难以言喻的阴森感。

白鹰医生、臼杵医生：

　　妾身决定自杀。为了不给两位添麻烦，妾身决定在筑地妇科医院的曼陀罗院长的病房自杀。我已拜托曼陀罗院长，将我处理为因子宫疾病入院，死于白喉性心肌炎。

　　白鹰医生 臼杵医生

　　两位的夫人并不怨恨两位赐予妾身的爱情，也不怨恨接受那份爱情的妾身，还将妾身视为亲妹妹一般疼爱有加，这份恩情，妾身至死不忘。因而妾身选择如此悄然自尽，只盼报答夫人们的高贵恩情之万一。从今往后，请让我的小小灵魂，永远守护两位家庭的和睦安宁。

只要妾身停止呼吸、闭上双眼、无法出声，那么妾身至今为止的所见所闻，都会被世人视为谎言，两位医生便也可以与贞淑美貌的夫人维持和谐的家庭。

罪孽深重的百合子。

姬草百合子对这世界毫无期盼。

连两位医生这般拥有崇高地位与名望的人士，都不能相信妾身的诚实，妾身还能对这世界有什么期望？拥有社会地位与名誉的人，哪怕说的是谎言，也会被视为真相，而不谙世事的纯真少女所说的言辞，哪怕是事实，也会被当作谎言。活在这样的世间，又有什么意义？

再见。

白鹰医生 臼杵医生

可怜的百合子即将赴死。

请安心。

姬草百合子
昭和八年十二月三日

这封信已经交呈田宫特高① 课长，我保留了一份拷贝，以便给您过目。但我在第一次读这封信的时候，其实毫无感觉，依旧一脸茫然，心平气和地回望对方那锐利的眼神，开口问道："哎，您就是这封

---

① 全称为"特别高等警察"，日本的秘密警察组织。

信里的曼陀罗院长？"

"是的。"

对方第一次开口。那声音低沉而沙哑。

"尸体已经处理了？"

"火化后保存了骨灰……因为是死后第三天了。"

"是按姬草的托付处理的吗？"

"是的。"

"怎么自杀的？"

"死于皮下注射吗啡。不知道从哪里弄到的吗啡……"

说到这里，对方试探般看了看我的脸，我依然保持着僵硬的表情。曼陀罗院长的眼神变得柔和，微微扭曲的嘴唇轻轻动了起来。

"那是上个月……十一月二十一日的事。姬草小姐因为严重的子宫内膜炎住进我的医院，但不久又出现了白喉的症状，似乎是在外面感染的。就在我以为白喉终于要治好的时候……"

"由耳鼻喉医生治疗的吗？"

"不。白喉那种注射治疗的方式，不需要耳鼻喉医生，我们院内就能处理。"

"原来如此……"

"就在我以为终于要治好的时候，本月三日晚，十二点测了最后一次体温后，她给自己注射了吗啡。四日，也就是前天早上，护士发现床上的她，身体已经冰凉了……"

"没有陪护吗？"

"她自己说不需要……"

"这也……"

"她精心化了妆，涂了腮红和口红，丝毫不像僵硬的尸体……

和生前一样面带微笑，但实际上非常痛苦。这封遗书放在枕头下面……"

"做过尸检吗？"

"没有。"

"为什么？这不是违反医师法吗？"

对方静静凝视我的眼睛，露出宛如恶棍般的冷笑。

"做了尸检，这封信的内容就难免会公之于众。算是尽一点儿同行之谊吧。"

"原来如此，那多谢了。这样说来，您相信百合子的话？"

"那般天姿国色的女子，我不认为她会无缘无故地自杀。如果没有什么特别的情况……"

"也就是说，您以为我和那个名叫白鹰的人将姬草百合子当作玩物，之后又无情地甩了她，才导致她自杀？"

"不错……我来这里，正是为了探寻有无这般事实。我不希望事情闹大……"

"您是姬草百合子的亲属吗？"

"不，没有任何关系。只是……"

"啊哈哈，那么您和我等同样是受害者。受到姬草欺骗，违反医师法。"

对方的表情突然变得如同恶魔般阴森可怖。

"岂有此理……你有什么证据？"

"要证据吗？只要请来另一位受害者对质，立刻会真相大白。"

"那就请。岂有此理……这是在亵渎无辜死者的遗志。"

"请来对质没问题吗？"

"没问题，请马上联系。"

我拿起桌上的电话，接通神奈川县厅，请他们转接特高课长室。

"您好，请问是田宫特高课长吗？我是臼杵，臼杵医院的臼杵。关于上次姬草的那件事，真是麻烦您了……我就长话短说了，抱歉百忙之中打扰您，能请您马上来一趟医院吗？因为找到了姬草百合子的下落……不，已经死了。在某处……实际上又出现了一位姬草百合子的受害者。不不，这次是真的。可能深受其害。是筑地的曼陀罗院长……是的，是的……是一家没听说过的医院，特意来到我这里，向我坦白了违反医师法的事实，虽然是因为受到她一流演技的欺骗。说是火化了姬草百合子的自杀尸体，骨灰保存起来了……是的，是的。听起来很荒唐，但应该是事实。现在正在这里等您过来，说一定要见您……啊，喂！喂！曼陀罗院长好像要走了，他拿上帽子和手杖匆匆出去了。啊哈哈，已经走了。刚刚勇敢的护士跑出去给他送行。请您稍等一下，我去看看他往哪里走了……啊，穿着什么衣服？简单来说就是全黑的晨礼服。身高五尺七八寸，皮肤黝黑，有种外国人的高贵气质，体形瘦削的绅士……啊，他忘记拿走胁迫用的书信了。啊哈哈，好像被这通电话吓到了。啊哈哈哈哈哈！啊，这样吗？那就麻烦您下班的时候过来一趟，我还有事情和您说。哎呀，真不好意思……麻烦您了，再见。"

尽管田宫课长迅速安排，也一直没能抓到曼陀罗院长，直到今日傍晚依然杳无音信。他到底是什么人、和她有什么关系、为什么有她的遗书、什么时候开始和她一起做过多少不正当的事……这些事都无法推测。

不过田宫特高课长从神奈川县厅下班后顺路来到医院，听我汇报了有关姬草百合子的新事实后，认为这不是一起单纯的案件，当即表明将以正式公文咨询东京方面，因而我认为，关于她的死亡真相，不久就会水落石出，但我也认为自己有责任尽快将有关她的一切事实都向您汇报，以供日后参考。所以我怀着通宵的觉悟，执笔撰写这封书信。其实我对是否向您报告这些事情一直犹豫不决，只因这些事情太令我羞愧……不，或许正因为时至今日我始终未能与您交流，才会被那不可思议的少女姬草百合子的怪异手腕魅惑，大脑麻痹，无法思考……

首先我想揭示的是她——那位自称姬草百合子的可爱少女，正是去年春三月时节，在东京的报纸上被大幅标题大肆报道的"迷之女"。今日在与前述司法当局人士会面时，我也将这一事实告知对方，因而对方也认为这是非同寻常的案件，决定立刻移交警视厅。根据那篇报道（您可能也有印象），她不希望被警察发现她与情夫（？）幽会的地点，因而在幽会地点附近通过公共电话打给警方。

"妾身是被诱拐的无辜少女，被监禁在××的××处。魔手正要向我伸来，我趁着仅有的间隙打了电话，救命！请救救我！"

她的言辞真切，又发出气喘吁吁的声音，导致当局的汽车朝错误的地方越开越远。她多次像这样骚扰警方，最终警方发现都是同一名女子的恶作剧，极为愤慨，而新闻记者则因为有了报道题材而欣喜不已……这就是事实的真相。

那位天才的虚构者、用鲁莽和疯狂都不足以形容的她，正是您所挂念的女子，同时也是直到不久前还身穿白大褂在小生的医院中往来穿行的人物。目前她的保证人明确主张是她。而如此主张的理由，从她的心理状态来看，无疑是真实的，因而现在即便是警方也对该主张的真实性毫无怀疑。

但即便如此，在当今这种通信工具和交通方式无比发达的社会，而且我和您还是生活在东京与横滨这样两座近在咫尺的城市,她这样一名渺小的少女,偏偏能让我们长时间陷入相互猜忌、彼此探寻,却怎么也无法碰面的奇异而可怕的命运,甚至是连她自己的命运都一并葬送的严重境地,她的动机到底是什么?

以下是以摘自我日记的内容所做的报告。其中与她相关之处,可能会与您的记忆有所重合,也可能会有某些词句冒犯您的尊严。此外,由于是去除敬称的记录文体,也许会出现不礼貌之处,在此预先请求您的谅解。无论如何,我是为了如实地坦诚自己当时的心境,因而全然依照日记的记录整理成文……

    姬草百合子来我的医院是在去年,也就是昭和八年的五月三十一日……是在开业前一天的傍晚。她身穿合体而朴素的深青色和服,搭配艳丽的蔚蓝色阳伞、崭新的毛毡草履,手上提着一个篮子,落落大方地站在玄关处。

"不知道这里是否需要护士……"

我姐姐和妻子松子正在与家具店讨论诊室的陈设,两人面面相觑,佩服她的勇敢。之前刚好提过只雇两名护士可能稍显不足的话题,于是马上把她带到诊室,加上我一共三个人给她面试,对她提了一些问题并进行观察。

"你是看了报纸广告来的吗?"

"不是。我在电车车窗里看到门口医院开业的招牌,就下来了。"

"啊哈哈,你是哪里人?"

"青森县 H 市人。"

"你父母都在吗?"

"是的。我们是 H 市的世家。"

"你父母的职业是……"

"我们家开酿酒厂。"

"哎哟,那可是失礼了,你家里很富裕啊。"

"嗯,不过也不算很富裕……父母和哥哥都反对妾身来东京,但我想自己掌握自己的命运,而且我也很想做一名护士……"

"那么现在你和父母断绝往来了?"

"没有,一直都有书信往来。另外我唯一的哥哥也说要在东京开创事业,目前正在丸之内大厦的一家罐头公司工作。"

"你是哪个学校毕业的?"

"青森县的县立女子学校。"

"有做护士的经验吗?"

"有。我一毕业就去了信浓町 K 大的耳鼻喉科,一直工作到最近……"

"为什么离开那里?"

"这个,因为有很多事情不喜欢……"

"什么事情不喜欢?"

"不方便说。不过工作本身很有意思……"

"嗯,有人能为你做身份担保吗?"

"这个,我想请在下谷开理发店的伯母,可以吗?"

"为什么不请哥哥担保?"

"伯母更通人情世故,而且我一直住在她家里。今天也是因为伯母说不要总是闷在家里,让我出来走一走,说不定会有什么好工作，所以我才……"

"你叫什么名字？"

"姬草百合子。"

"姬草百合子……多大了？"

"实岁十九零两个月。不知道能不能给我机会……"

仅仅这几句问答，我们便决定录用她。她那乳鸽般纯真的态度、清澄纯净的褐色眼眸，还有宛如被钉在路边求救的小鸟般惹人怜爱的模样，以及提着一个篮子在街头彷徨求职的勇敢而令人心痛的命运，不仅打动了我，也深深吸引了我的妻子和姐姐。

笑吧……我们廉价的感动……不论是谁，只要听一听她的回答，就会发现她的身世中多有矛盾和不通之处。就常识而言，至少也该给K大的耳鼻喉科打一个电话，确认一下她的身份，然后才雇佣她。

然而当时的我们丝毫没有认为自己的决定轻率。不可否认的是，她的容貌和话语所表现出的纯真感，使得我们因为盘旋在她周围的若干现实危险所唤起的一切常识，都被她化作了一种浪漫而强烈的同情。姐姐和妻子对她如此中意，直到第二天还在商量：

"姐姐，万一那个姑娘不适合做护士，也留下来做女佣吧。她太可怜了。"

"嗯，我也是这么想的。说不定还能招揽到更多的顾客呢。"

不仅如此，还有一个原因。这也可以说是我的职业意识。

在见到她的时候，我第一眼就注意到她的鼻梁。

她的相貌绝对算不上美女。五官只能说是中人之姿，虽然皮肤白皙，但身高比一般女性都矮，只有五尺[①]左右。位于那张圆脸中心的小鼻子太低，显得眼睛和鼻子之间的距离很远，但不可否认的是，也正因如此，反而显得她人品优良、性格天真。

我第一眼看到她的五官，就很想给她的小鼻子做隆鼻手术。只要向里面注射一些石蜡，便能得到高耸的鼻梁。我觉得她鼻子的鼻骨连接并不紧密，应该很容易做手术。不可否认，这种来自职业意识的愚蠢诱惑，也是在我潜意识中发挥作用、让我决定雇用她的原因。

我的这个目的很快就实现了。我的医院雇用她不到一周，她就突然变成一个截然不同的美少女，在医院的走廊里翩然往来。我绝不是要给自家医院做广告，但她的隆鼻手术效果出乎意料，连我都很吃惊。做完手术的翌日清晨，化了淡妆的她巧笑倩兮地问候"早上好"的瞬间，当真吓了我一跳。她竟然变成了绝色美人……我差点儿惊得魂飞魄散。

但她让我们惊讶的事情远不止这一点。

她作为护士的能力无可挑剔。尽管她有在 K 大耳鼻喉科工作的经验，但我的确感觉她是天生的护士，为此咂舌不已。

---

① 旧式尺，五尺约为 1.44 米。

她来到我的医院不久，我给一位中年绅士做上颌窦蓄脓症手术，第一次让她来做助手。她从我飞快动作的手指缝隙间把脱脂棉迅速插进麻醉患者被切开的上唇，擦掉溢出的血液，让我随时都能看清切开的部位。看到她那精湛准确的动作，我钦佩得激动不已。她让我深刻意识到，哪怕是长年累月经历过无数次手术的资深护士，也很少能如此敏锐地察觉手术者的意图，并且拥有如此娴熟的手法。

　　然而正因她对执业医师该如何对待患者具有卓越的理解力，所以我们一家都对她十分满意，几近毫无常识地将医院的大小事务都委托给她，因而她如何获得下述"谜之女"式的活动自由，恐怕也超出了许多人的想象。

　　我在开业之初便和所有人一样制定了工作时间表。接诊时间定为上午十点到下午一点、下午三点到六点。六点后马上回到位于附近红叶坂的家，和家人一起吃晚饭。当然，作为执业医生，哪怕刚回家也可能会因为住院患者的一些无关紧要的事被匆匆喊回医院。而且从一开始我便做好了觉悟，在草木皆眠的半夜时分，被不近人情的患者喊回医院的情况肯定会一再发生。身为医生，这些都是令我感觉非常痛苦的情况，不过我还是尽力亲切地对待患者。我甚至怀着这样的觉悟随时待命：住院患者的心理目标通常并不是治疗疾病，而是消除痛苦……然而意外的是，自从开业以来，那样的事情从未发生过，这让我渐渐开始感到奇怪。难道是家中电话没装好的缘故？即便如此，还是太奇怪了，所以我也常常和姐姐提起这件事。但这个谜团很快就解开了。我仔细观察后发现，那其实是因为姬草百合子独自一人处理了。

患者什么时候会从麻醉中醒来、什么时候会开始诉说手术后的痛苦，或者不同体质患者发烧时的痛苦程度等，她都有种护士所特有的，甚至比护士更亲切的敏感性。她似乎总能在患者开口之前就照顾好患者，或者预先告知接下来会发生的情况以示安慰。有时候她还会自作主张地给患者清洗耳朵或鼻子，甚至在没有征得我同意的情况下给患者注射吗啡，或者使用其他的镇痛与麻醉手段。这些事我后来才知道，但患者似乎都非常喜欢。因为向别的护士诉苦，得到的无非是敷衍了事或者犹豫不决的回复，唯有她能迅速而坚定地采取措施，让患者度过平静的一夜。所以很自然地，白杵医院的姬草小姐这个名字，在患者中甚至比我的名字更受好评。当然，这也给了我不小的助益……

还不仅如此。

事实上，她与生俱来的魅力征服了男女老少。关于这一点，我的家人也对她的手腕钦佩不已，除了一句"了不起"，找不到任何别的词来评价她。

用适合老人的方法对待老人，用适合幼儿的方法对待幼儿，用适合男性的方法对待男性，用适合女性的方法对待女性，这些事情说来容易，却是要让所有人信任我这个院长，让他们放心接受检查和手术，安心住院。有时她甚至会询问患者的家庭情况，给予同情、鼓励和安慰，让患者平安出院。那样的本领，确实不是我等凡夫俗子所能企及的。就连神经质的顽固老人和大哭大闹的孩子，也会前前后后"姬草小姐、姬草小姐"地喊她,仿佛另外两名护士根本不存在似的。患者出院时,常常会在向我这个院长表示感谢之前,先向姬草小姐道谢……也有孩子哭着闹着不肯回家的情况,说是要留在医院里陪姬草姐姐。还有患者出院后给她写来长篇累牍的感谢信,连在医院负责接待兼会计的姐姐都惊讶地说:"怎么有人能把信写这么厚,光邮票都要贴十二分钱的?"

更令人惊讶的是(实际上或许是理所当然的结果),托她的福,我的患者急剧增加。因为这一点,我的事业蒸蒸日上,同时也必须对她——名为姬草百合子的招牌护士兼吉祥物表示由衷的感谢。前来就诊的患者,无论甲乙丙丁,什么事情都要找姬草小姐的态度,倒显得主持白杵医院的是姬草百合子一般。哪怕是对技术多少有些自信的我,也不得不在她的此种外交手腕面前折服。

我给她开的薪水是二十元。我并不认为这是很低的薪水,但近来也认识到我必须承认她的莫大功绩,因而不时会和姐姐及妻子商量给她提高待遇。但恰在这一时期,围绕她发生了一件难以形容、奇妙而不可思议的事件,最终陷入今日这般凄惨的结局。而且那凄惨结局的种子本就是她自己种下的——早在她到我这里求职时,那种子便已经种下。

她说自己家是青森县的酿酒世家,家境不错。后来了解了她开朗的性格和天真的模样,我们更是对此没有丝毫怀疑。

在一开始的面试中出现过的她的哥哥,在她来到医院后不久,便带着许多仓屋的黑羊羹前来拜访。不过那是我下班回家后的事,因而谁也没到那位哥哥的模样。只是我在家刚刚吃过晚饭,正想吃些甜点的时候,姬草百合子从医院打来了电话。

"医生,我哥哥刚刚过来道谢。之前我说过您喜欢仓屋的羊羹,所以他就带了些过来……不不,已经回去了。他说您难得休息,不便打扰,还请您日后多多关照……嗯,嗯。我给您送过去吧……羊羹……"

"啊,赶紧送来,谢谢你。"

当时的我这样应道。恐怕再怎么容易受骗的人,也没有我那时候那么容易受骗吧。

不久,她又说家乡送来五升清酒和一樽奈良腌菜,总之都是父母托人捎来的,也都是我回家后,由留守医院的她收到的。她汗流浃背提来的酒瓶和樽桶上没有任何标签,只贴着一张极其简陋的乡下粗纸。我尝了一口,不禁感叹道:

"啊,正宗的江户味道,太棒了。奈良腌菜也不输三越的啊。"

这话恐怕无意间说中了真相。正在收拾樽绳的她,不禁面红耳赤,匆匆逃回了医院。

不过我当时只以为她的哥哥和父母尽心为她打点,只盼她能过得幸福,因而丝毫没有对她这种鬼鬼祟祟的态度起疑。我目送她的背影,半是掩饰、半是玩笑地说:

"我只付你二十块的薪水,不用这么客气。"

不过直到这时,她的表现一直都很出色。如果仅限于此,那可以称得上是天衣无缝,她的真实身份也不会暴露,我的医院也不会失去这个吉祥物。然而正所谓好事多磨,一旦安稳下来,她那独特的说谎天分便又开始蠢蠢欲动了。

她的天赋令我的家庭与K大耳鼻喉科的白鹰都深陷无法形容的可怖噩梦,而所有的一切都始于恐怕连她自己都未曾意识到的一件极为琐碎的小事。

说来惭愧,由于甫一开业便蒸蒸日上,我不禁变得有些浮躁,学生时代的那种轻浮态度在不知不觉间故态复萌,开始用一些无聊的双关语、冷笑话驱散患者的忧愁,也会对姬草开一些稍显过分的玩笑,譬如:

"喂,把小手术刀拿来。小柳叶刀,不是你的小柳叶眉,别搞错了哦。"

每当这时,百合子就会咯咯地笑,一边工作一边说:"哎呀,白杵医生和白鹰医生真像。"

"什么啦,什么白鹰医生……没经过我的同意就像我,过分哦。"

"哎呀,白杵医生嘛……白鹰医生比您年纪大,是K大耳鼻喉科的副教授。"

"哎哟,对不起对不起。原来是那位白鹰医生。那位白鹰医生可是我的学长。"

"您看是吧,哈哈哈!我在K大的时候,不管是门诊还是做手术,白鹰医生总喜欢说各种笑话逗病人发笑。切开鼓膜之类的手术,患者一笑头就会动,特别危险,但是白鹰医生的手又快又稳，患者甚至都感觉不到疼痛，一个劲儿地笑。臼杵医生的做法连这些地方都很像。"

百合子辩解般补上了解释。不用说，她这番极为逼真的吹捧满足了我的虚荣心。当然，说这些话是她为了证明自己出身于富裕的家庭，隐瞒她丑陋而黑暗的前科，同时也是出于她想以这种虚无缥缈的幻想满足自己的心理，因而想要用具体的事例证明自己深受K大耳鼻喉科副教授这种显赫人物的信赖。然而那时候我丝毫没有意识到她的心理。白鹰医生一直是我尊敬的学长，多年来第一次听到他的名字，我在喜悦之余不禁瞪大眼睛向她问道：

"哎呀，那么白鹰医生现在还在K大？我一点儿都不知道。"

她毫不在意地……不，应该说是得意扬扬地深入白鹰医生的话题。

"对，对。他的手术广受好评。妾身在来这里之前，不知道受了他多少照顾。他夫人待我也像对待自己的女儿一样，说我一定会嫁个好人家，送了我好几套和服。现在我平时穿的也是夫人年轻时的衣服，夫人说她现在穿有些太艳丽了，所以送给我了。"

我完全被她的话吸引，暗暗合掌向白鹰医生表示敬意。

"哎呀，白鹰医生是我的老学长。在九大的时候还受过他的指导，说不定他还记得我。这可太好了，真希望有一天能见到他……"

"是啊，白鹰医生肯定会很高兴。我记得医生曾经提到您两三次，说臼杵是个很有趣的学生。"

"哈哈,那时候我确实挺不安分的。白鹰医生的府上在哪里?"

"下六番町十二番地。他夫人温文尔雅、美丽大方,和九条武子很像。夫人名叫久美子,医生很疼爱她。两个人关系很好……"

"啊哈哈哈,这可太好了,过几天……不,就今天,你帮我打个电话吧,就说臼杵想去拜访……"

"哎呀,妾身给您引见,不会很失礼吗?"

"有什么关系?白鹰医生不是那么拿腔拿调的人。"

说着,我还向姬草百合子鞠了一躬。

听到我这么说,她用那双略微近视的可爱眼睛抬头看了我一眼,不知为何又低下头去,有些沮丧地轻轻叹了一口气,看起来似乎有些怨怼的样子。但我将之理解为她的一种独特的天真娇媚,因而也没有觉得特别奇怪。

"可是……妾身……妾身这个小小的护士……未免太失礼了……"

"没关系的。就算是护士引见的,医生不还是医生吗?白鹰医生不是那种装腔作势的人啦。"

"唉,话是这么说没错……"

"那不就好了吗?我太想拜访他了……"

她无奈地耸了耸肩,露出一个如泣如诉的古怪笑容,说:"好吧,如果妾身合适的话……随时都可以给您引见……"

"嗯,拜托了。今天也行,帮我打个电话就行。"

她的回应显得格外冷淡,与她平日的快乐态度格格不入，不过很快她又恢复了以往的天真开朗，显得非常开心。她蹦蹦跳跳地跑进电话室，像是因为有幸介绍白鹰副教授和白杵院长见面而欣喜不已。

目送她的背影，我的情绪也很愉悦，没有丝毫怀疑。这时候的我已经被她骗得晕头转向，而她却亲手种下了足以成为她平生致命伤的烦恼之种。

她所说的白鹰医生，与她所知道的白鹰医生，根本不是同一个白鹰医生。简而言之，那不过是她以自己的机智，用我做模板创造出来……只是为了博取我的好感而创造出来的虚构人物而已。她想让我相信那个虚构人物与她非常亲密，从而提升她自己的信用度，巩固她的社会地位。她的白鹰医生不过是个傀儡，轻率的我却一百二十分地盲目相信那个傀儡白鹰医生的存在……因为我以为白鹰医生就该是和我一样轻率、胡闹的人物，也正因如此，我才会那般简慢地拜托她为我引见。

然而在那之后，她那不可思议的创作能力更进一步，编造出令人无比惊讶的怪诞剧目——连白鹰医生本人都不知道的Ｋ大耳鼻喉科白鹰医生，居然大白天公然给我打来了电话。

那时候我刚好开业三个月整，即今年九月一日的下午三点半左右，她放下电话跑来诊室。

"医生、医生，白鹰医生的电话。"

我正在接待排长队的患者，听到这话惊讶地回过头。

"什么？白鹰医生的电话……有什么事吗？"

"不知道。医生，上次您不是让妾身给您引见吗？所以昨天我又在电话里提了一次。我也说过您平日什么时间最忙……但他还是这时候打电话过来……"

她皱起可爱的眉头,像是很不满意似的。这样的演技可以说是她独特的天分,委实太像真的了。关于她与她虚构的白鹰医生的亲密关系,那份真实感容不下丝毫怀疑。

打来电话的男性——并非白鹰医生的白鹰医生,果然和她说的一样,是个声音显得爽朗快活的人物,而且一直滔滔不绝,几乎没有给我说话的机会。

"哎呀,是臼杵吗?好久不见,你怎么样?好久没联系了,真是好久好久了。生意怎么样?嗯,听姬草说了。不错不错。嗯。姬草是个好护士吧?在我这边的表现特别出色,结果被护士长忌妒,弄了个莫须有的罪名把她赶走了。我老婆很疼爱她。哎呀,她也很开心。前两天,还有昨天,给我打了两次电话。说你那边很好,很值得努力工作。对,她说的。嗯。我老婆听了也很高兴。毕竟像自己女儿一样疼她。嗯。离开青森县出来做护士,可能是有点儿傻气吧,不过她确实天生是做护士的料。工作无可挑剔。我敢保证。好好照顾她。哈哈哈!哎呀,好久不见了,真想见面啊。怎么样?还是很能喝酒吧?嗯,不错不错……对了,你知道东京耳鼻喉科医生搞的庚戌会吗?对,就是那个。在九州的时候听说过。明治四十三年,庚戌年创办的会……嗯,对,什么?每个月一次,要么三号要么四号,大家聚在一起喝酒叙旧,发发牢骚,很有意思的会。下个月定在三号。地点是丸之内俱乐部……下午六点开始,你来不来?会费看当天的情况,花不了多少钱。嗯,一定要来啊。嗯。啊哈哈哈。代我向还没见过的夫人问好……"

说着说着，通话时间到了。我挂上电话，只见她就站在我身边，可爱地歪着头，好像有些担心似的："哎呀，怎么断了呢？我还想和他说几句呢。您和他说了什么呀？"

"嗯，吓了我一跳，真是个心直口快的医生，就是有点儿唠叨……"

"对吧？特别有趣。"

然后我把电话的内容说给她听，她好像放心了，又高高兴兴地沿走廊蹦跳着跑开了。

"白鹰医生真是性格豪爽，人好又亲切。妾身好喜欢他……"

她低声自语，话语中充满感激，同时不着痕迹地刚好让我听见。

然而到了第二天早上，我刚上班没多久，她便带着一脸平时不曾有的不悦神色，手里拿着一张皱巴巴的信笺，在我面前扭来扭去，噘着可爱的嘴唇说："真是没办法。白鹰医生工作起来什么都不顾了。"

"你怎么一个人闷闷不乐的？"

"没有啦。就是昨天晚上的事，白鹰医生给我寄了一封快件，说下午要去探视平塚的患者，可能会很晚回来，说不定没办法参加庚戌会了，让我和白杵医生您打声招呼。真是拿他没办法，只知道赚钱……肯定又是去那个平塚的什么银行家那边。那帮朋友每次开低俗的义大夫会，都会喊白鹰医生过去，特别虚荣，真无聊……"

"啊哈哈，别说得那么难听嘛。那种又健康又有钱的患者，当然是越多越好。耳鼻喉科的医生……"

"可是您和医生多年没见，本来都约好了……"

"没事没事，想见随时都能见。"

"可是……"

她欲言又止地抬头看我，眼神仿佛很是不甘。如果那时候我仔细看一看，应该很容易看出她的不安并非寻常吧？那时候我本可以察觉，我说的那句"想见随时都能见"，让她产生了怎样严重的不安，又把她推向了怎样可怕的无间地狱……她煞费苦心想用K大副教授白鹰医生的名义证明自己家境富裕，以及自己身为护士的可信度。那时候，那篇名为《迷之女》的新闻报道已经让她的名声受到社会性死亡的威胁，因而她拼命努力将唯有她自己才知道的充满谜团的过去彻底包装起来。然而这份尝试、这个她虚构的天堂之梦，却被她自己打碎了。她将无可奈何地再度被放逐到冰冷的人生道路上。作为现代的妇人，特别是理解少女心理的人，相信都会同意，对她那样的女性而言，这种幻灭甚至比被判死刑更可怕。

事实上，为了预防出现这样的破绽，她在那之后所采取的手段，委实到了不顾死活的地步。正如佛曰"一念天堂一念地狱"，她正在将这副自己身陷其中的令人毛骨悚然的地狱画卷不断展开……

那个九月之后，进入十月的第二天早上，她又在医院走廊里摆出一副气呼呼的态度，来到我面前。

"怎么了？难道又和机械店的小鬼吵架了？"

"没有。但是医生,明天就是十月三号了。"

"傻瓜。你不喜欢十月三号?"

"嗯。因为每个月的三号都是庚戌会的日子吧?"

"啊……对哦,我都忘了。"

"哎,这点您也和白鹰医生一模一样啊。您去参加庚戌会吗?"

"嗯,白鹰医生去的话,我也去。"

"上次不是约好了吗?"

"哎呀,我不记得和他约过啊。"

"啊,那还好……"

"怎么了?"

"白鹰医生刚刚打来电话,问臼杵医生是不是还在医院……"

"你没和他说我是'迟到医院'的'迟到医生'吗?"

"嗯,我不知道他有什么事,告诉他您通常都是上午十点左右到医院,结果他说今天感冒了,昏昏沉沉的,可能去不成庚戌会了。妾身想他肯定又要失约,有点儿生气,怎么就不能坚持一下和您见个面呢?"

"见面本来也不难,不过事情总是不凑巧的啦。"

"真是很讨厌。偏偏今天感冒……妾身去给他夫人打电话抱怨。"

"别乱讲话。你还不如打电话说'今天妾身劝臼杵医生过来探望,但有点儿担心变成同行竞争,所以还是失礼了'。"

"哈哈哈哈,这才是乱讲话呢。"

"你懂什么，这样讲话才叫新式的幽默社交术。代我向夫人问好。"

就这样，通过姬草百合子，我对那位并非白鹰医生的白鹰医生，感觉日益亲密起来。不仅如此，有一天我恰好答应去箱根的芦湖酒店给外国人看病，结果那天早上，白鹰医生……不，是并非白鹰医生的白鹰医生打来电话说：

"这段时间真是抱歉，一直不凑巧，没和你见上面。今天我有两张歌舞伎表演的票，要不要一起去看？下午一点开演，上午十点左右乘电车来银座就行。这附近你有熟悉的咖啡馆或者餐馆吧？"

可惜的是，姬草答复他我去不了，后来他送来了歌舞伎表演的节目单，还附上了凤月堂的蛋糕，说是给我妻子和孩子的。而且看那蛋糕附的信，毫无疑问是男性的笔迹，遣词用句很有学识，所以我也感觉非常惶恐。恰好家乡寄来鸡蛋素面，我便附信表达"下次庚戌会我一定参加"的意思，寄去下六番町的白鹰医生处。不过天晓得寄去了哪里，说不定根本没有出过横滨的臼杵医院一步，因为安排寄送书信和包裹的人，不是别人，正是姬草百合子。

然而到了十一月上旬，她又犯了一个严重的错误。当然，在她自己看来，那是一场滴水不漏的精巧剧目，然而正因为那场戏太过精巧，反而导致我们一家看破了她的真面目。

根据我日记的记载，那正是十一月三号，明治节那天的事。她总是在月末到月初的几天演戏，尤其是白鹰医生打来电话、写来书信之类的事情，大抵都是在三号或者四号。这位"谜之女"的神秘面目，除了神之外，还有谁能察觉呢？

十一月三号，上午细雨绵绵，我在十点左右到了医院。一听到玄关的开门声，她便从药房里跑出来，几乎扑进我的怀里，脸色惊慌失措，连嘴唇都失去了血色。

"医生，怎么办呀？刚刚接到电话，说白鹰医生的夫人在三越大楼门口晕倒了。鼻血流个不停，现在正在家里休养……"

"哎呀，那可不妙。几点的事？"

"说是今天早上九点左右……"

"嗯，电话来得还真快。怎么这么早就打到我这里来？"

"哎呀医生，上次的信里不是约好这次庚戌会一定要见面吗？"

"哦，你看过那封信？"

"哎呀，我可没看。不过这次的庚戌会应该规模很大吧，正好是明治节……"

"哦，这我可不知道。"

"哎呀，前几天不是寄来了邀请函吗？"

"不知道啊。没看见。写了什么？"

"哎呀，您可真是的。上面说这次的庚戌会恰逢明治节，将会盛大举办，所以希望东京市外的诸位也能参加。那封邀请函放到哪儿去了？"

"哦，听起来很有意思。会费多少钱？"

"我记得好像是十元……"

"好贵啊。"

"啊哈哈，但是白鹰医生是干事，他附了一封信，请白杵医生务必出席。"

"哦,那就去看看吧。"

"我想您肯定会参加,所以后来就打电话给白鹰医生,问他这次肯定不会有问题吧?他说您给他回了信,而且他又担任干事,这次不管什么情况都肯定会去。没想到又出现今天这样的意外,我也觉得很懊恼,很懊恼……"

"笨蛋,哪有人为那种事懊恼的。不管怎么说,那确实是很不幸的事。虽然不能说是什么好机会,但我还是去探望一下吧。"

"医生,现在就去吗?"

"嗯,现在去也可以……"

"但是,现在来了足足三个腺样体肥大的病人呢!"

"啊,你怎么知道是腺样体肥大?"

"哈哈,我偷学了您的做法,听完患者的自述,让他们把嘴张开,用手指摸了摸鼻子深处,一下子就摸到肥大部位了。"

"傻瓜,这可不能乱学。"

"但是患者害怕要动手术,一直问个不停……第三个是年纪最小的小朋友,手指一碰到肥大的地方,突然被他咬了……结果变成这样……"

她伸出左手,让我看她中指根部绑的绷带。

"你看,以后可不要瞎模仿。"

我叮嘱了一句,便如平日一样开始看诊,不过她也没有表现出想要强行阻止我去探病的模样。

然而到了下午一点至三点的休息时间,我正要回家时,她又跑到我面前，向我深深鞠了一躬。

"医生，对不起，今天下午我能请个假吗？"

"嗯，今天没有手术，可以请假……你去哪里？"

"那个……我想去探望白鹰医生的夫人。我想不管怎么说，都应该去看一下……"

"嗯，那正好。今天晚上我也打算去，你帮我说一声。"

"谢谢。那我先走了。"

"路上小心。天气也该转好了吧？"

我感觉这是她第一次用如此忧郁的语气和我说话。或许是有了某种预感吧？又或者，那时候她已经充分意识到自己在白鹰医生的事情上陷入了走投无路的绝境，而我的神经则感知到了她由此所产生的忧郁……

我和平时一样结束了医院的工作，在雨后初晴的黄色夕阳下回家吃晚饭，顺便带着比较开朗的心情聊起了今天白鹰夫人的遭遇，而正在默默收拾的妻子松子突然说出惊人之语。

"我说呀，姬草小姐的话，我总觉得有点儿奇怪。"

"嗯？怎么奇怪？"

"前几天开始我就有这种感觉，姬草小姐给你引见了白鹰医生，但是怎么都见不到面，这不是很奇怪吗？"

"这有什么？只是不凑巧而已。"

"不对，确实很奇怪。你看，哪有每次都这么不凑巧的？我总觉得姬草小姐好像在耍什么花招，想方设法不让你们见面。"

"哈哈哈，'无论如何都见不到的人'，这确实很像你的口味。侦探小说、侦探小说……"

先说明一下，妻子松子从女校时代开始就是一个沉迷于侦探小说的读者，也就是所谓的"奇怪趣味"。可能是受那些小说的影响，她的大脑回路和一般女性不太一样。打麻将的时候轻易就能猜出谁听了牌，闲暇时能从职业介绍栏目的三行广告中看穿骗局，还能根据电车中某位妇女的衣着批评她与收入不符的生活态度……总之便是具有诸如此类的恶趣味。所以她虽然是我的妻子，但有时候我也会觉得她是不是小题大做、过度敏感。不过对于妻子感觉到的困惑，我也确实连带生出些许疑心。

因此，那时候我丝毫不认为她对姬草护士的疑心是出于一般的忌妒，只觉得她的变态趣味又开始了……不过她对姬草百合子的疑心，也让我清晰地预感到那可能会发展成难以收拾的大事件，因而出于慎重起见，我决定认真对待她的怀疑。

"我怎么都见不到白鹰医生，说奇怪也确实奇怪，但凡事还是要讲证据。我打算今天晚上就去一趟，无论如何都要和他碰个面，你看怎么样？"

"嗯，不过……我总觉得要是见了面……可能会出什么大乱子……"

"啊哈哈，难道两个人一见面就会爆炸吗？"

"嗯，有点儿你说的这种预感。报纸上不是有过报道吗？怎么敲打都没事的炮弹，结果轻轻一碰反而就炸了，把周围炸得一塌糊涂。这次的事情可能就和那个很像。妾身总觉得心惊肉跳的。"

"啊哈哈,你的趣味真是越来越怪了,而且还偏到漫画上了,就像那个《阿达姆松》①……"

"哦呵呵,我觉得可能更严重呢!"

"啊哈哈,真是恶趣味。话说回来,要是今天见不到,又会怎么样呢?"

"不会的。妾身以为今天晚上肯定能见到白鹰医生。那样一来,一切都会水落石出。"

"真是神探啊。我要怎么见到他?"

"今晚的庚戌会在哪里开?"

"还是丸之内俱乐部。"

"如果你现在去那里,我想白鹰医生肯定会来。"

"笨蛋。他夫人生病了,怎么会来?"

"呵,笨的是你。你还相信那种话呢!什么白鹰医生的夫人晕倒了……"

"相信啊,所以才要去探望啊。"

"你别去探望……你就装成不知道的样子,去庚戌会看看。因为真正的白鹰医生肯定会去那里。"

"真正的白鹰医生?哈哈,你是说,之前的白鹰医生都是姬草百合子捏造出来的假人喽?"

"没错。我一直有这种感觉。她说她家里很富裕,也感觉不太像真的,还有十九岁的年纪可能也是在瞎说……"

"太吓人了。你怎么会这么想?"

---

① 瑞典漫画家奥斯卡·雅各布森的代表作,1920 年起在瑞典幽默杂志《Sondags-Nisse》上连载。漫画中有一些意外的故事情节,例如轻碰炸弹导致爆炸。

"前几天，我……透过药房的窗户，刚好看到她的侧脸，不知道她在想什么。我看到她的眼角和嘴角都有细细的皱纹，怎么看都已经二十五六岁了。"

"呵，事情好像越来越复杂了。这下姬草百合子的真实身份不是越来越看不透了吗？像幽灵一样……"

"还有哦，我只看了一眼她的侧脸，就觉得她是个穷苦人家出身的苦命女孩，还像个老太婆一样弓着背，像这样……"

"真是鬼故事……简直马上连妖怪都要冒出来了。"

"你别开玩笑，我很认真的。我猜吧，她平时都是靠化妆和行为来掩饰，显得好像很天真的样子，但在她以为没人看到的时候，就会松懈下来，露出那样的本性。"

"啊哈，了不起的大侦探出马了。你可以做个侦探小说家，肯定会成功。"

"哎呀，我说的都是认真的，你真烦，她真的很诡异。"

"我倒是觉得你这种想法更诡异。"

"真讨厌，不理你了。"

"你按常识想一想，首先，那个小姑娘，姬草百合子，有什么必要大费周折编造一个巧妙的故事？没这个道理吧？她拿来的那些礼物，可都不是便宜东西。还要编造出另一个白鹰医生，又是打电话、又是招待我去看歌舞伎表演、又是送蛋糕、又是感冒、又是去平塚出诊、又是夫人在三越的玄关晕倒……要编造这些事情，可不是一般的费事。况且要把我们骗到这个地步，想想都让人害怕，你说对吧？"

"我……我觉得那都是因为那个小姑娘的虚荣心。我挺理解那种人的。"

"哈，奇怪的结论。这不是毫无意义又特别劳神的虚荣心吗？"

"嗯，是啊。那种人想要好好过日子，想让大家信任她，想得不得了，这就是那个小姑娘的虚荣心，所以才编造出一大堆谎话。"

"这就是奇怪的地方。首先，她有什么必要做到这个地步来获取我们的信任呢？我们完全认可她的护士才能，至于家里是穷是富，和她有没有做护士的资格，没有丝毫关系吧？我不认为姬草是连这点儿道理都不懂的笨蛋。"

"嗯，这点我当然知道。不管是什么样的姑娘，她现在都是我们医院特别重要的吉祥物，我也不想怀疑她……但是每个月的二三号都会提到白鹰医生的话题，就像约定好了一样，这太奇怪了……"

"因为庚戌会就在这几天啊。"

"可是……还是很奇怪。而且都是让你们没办法碰面的事……呵呵……"

"所以不是说了吗，时机不凑巧啊……"

"所以啊，所以我觉得很奇怪。时机未免太不凑巧了，就像有什么神秘力量作梗一样。"

"好了好了，不要说了。每次和你讨论就会一直兜圈子。神秘不神秘，见到白鹰就知道了……给我倒杯茶……"

我默默放下筷子，换上新定制的西服。没想到妻子竟然怀疑姬草百合子的身份，谁会这么无聊啊？我觉得她实在有点儿烦人……

"总而言之,今天晚上我无论如何都要和白鹰见面。掘地三尺也要找到他,哈哈哈!我倒要看看能出什么大事……"

晚上八点半左右,我从樱木町花了两元巨款打车前往内幸町的丸之内俱乐部。其实我本来对于自己要按照女人的吩咐做事,心中还有点儿不满,不过坐上车就改了主意。与其在下六番町那种又黑又逼仄的迷宫里坐车打转,还是去容易抵达的丸之内俱乐部更令人舒心。

我在俱乐部的玄关处问侍者,侍者回答:

"庚戌会就在今晚。七点左右大家就到齐了,节目已经开始了。"

我默默跟在侍者后面,走上宽敞的软木板楼梯。越往上走,越发现楼上满是欢声笑语,还有唱片和舞步的喧嚣。

我是个跳舞的新手,不过信心十足。爵士、探戈、狐步舞、查尔斯顿舞、单步舞,都在横滨练习过。现在播放的好像是西班牙单步舞曲,相当轻快。我走在楼梯上的时候,禁不住感觉到想要伸手搭在侍者肩头跳舞的诱惑。

我很惊讶。说起庚戌会,我以为是个严谨的学术报告会兼茶话会,没想到竟然如此热闹。我理解了会费要交十元的原因,也窥见了白鹰干事非同一般的手腕。早知道是这样的地方,我就不穿这么正式的西服来了……一边想,一边随着侍者来到一间像是休息室的房间。只见周围的墙上、桌上、椅子上、长凳上、茶几上,全都堆满了帽子和外套。

大概足有五六十套吧？不愧是大会，来了如此多的人。

"请在这里稍候片刻，我这就去请人过来……"

说着话，侍者推开右首的门，进了会场。门开的刹那，震耳欲聋的爵士乐顿时闯了进来。我虽然只瞥了一眼会场，那副盛况也让我惊叹不已。

门那边是个面积极大的大厅，天花板上满是飘飘荡荡的五颜六色的东西，都是会员手里放出去的气球。气球下面翩翩起舞的男女身穿燕尾服、振袖、西服、舞衣，五彩缤纷。男男女女背后都悬着几个气球。那气球的波浪合着激动人心的音乐旋律悠然跃动，宛如不可思议的圆形彩虹，在大厅中央形成漩涡。在粉色与水色的明亮光线中……我正在遐想连篇，门咚的一声关上了。

关门后不久，音乐声停了，舞蹈的喧嚣声也随之中断。刚刚感觉安静下来，却见方才关上的门打开了，五六个头戴红白色尖顶纸帽、身穿燕尾服的人跌跌撞撞地闯进来，在我眼前的长椅上倒在一处。有的领带歪斜，有的袖口脱落，有的鼻翼像是沾了淡红色的口红……看来个个都已经烂醉如泥，看都顾不上看我一眼，便叠卧在长椅上，四肢也交缠在一起。

"啊，醉了醉了……喂，我醉了……"

"啊，太开心了……太棒了，今天晚上……"

"嗯，太棒了……白鹰干事真有本事。太棒了，太棒了……实在太棒了。"

"太吓人了，包了三个舞池合在一起……这种事只有白鹰才能做出来啊！"

179

"白鹰万岁!"

其中一个人放开嗓子大喊。他睁开蒙眬的醉眼,高举双手想要站起来,突然像是发现我在面前,吓了一跳,一屁股坐了回去,丝毫不顾自己刚好坐在朋友的脑袋上,双手撑在膝头,用喝得通红的眼睛上下打量我的西服,忽然咧嘴一笑,舔着嘴唇说:"嘿嘿,变魔术的来了……"

"什么什么?魔术吗?在哪儿?"

"喏,就在那儿站着呢。"

"什么,你是魔术师吗?来得太晚了,浑蛋!节目都演完了。"

我突然觉得很不舒服,想要逃走。这并不是因为对方的无礼,而是因为我身穿这样一套愚蠢的衣服,跑到这样的地方来,像一根柱子一样杵在这里,委实可笑,也让我禁不住对自己生气。然而好不容易来到这里,没有见到白鹰就这么回去,也实在心有不甘。

"喂,听说你谈好未婚妻了……"

"嗯,谈了好几个。"

"好几个……别骗人了。"

"给你看姑娘的照片。"

"哎哟,请客啊,请客。"

"别急别急,到了明天才知道。说不定未婚妻就变成跑路妻了。"

"啊哈哈哈,没错没错。不是有那种爽约姑娘吗?不晓得出租车里是不是也能爽一爽……在车里爽啊……"

"别说了,我都受不住了。"

"啊哈哈哈！哈哈哈……光说有什么意思……要上手啊……啊哈哈，你怎么不说话……"

"嘿嘿，近代魔术都是套用双层柜子……现在给大家表演出租车中爽一把。如果大家喜欢这一幕，我就继续表演……首先请太夫[①]在后台准备。"

"棒极了，棒极了（鼓掌）。大衣先生，雇他吧。"

我越发想逃，但就在这时，对面的门静悄悄地打开了。我颇为尴尬地想，会不会是白鹰医生来了？只见当先进来的是侍者，后面跟着进来的一位绅士也和我一样面带尴尬。那位高瘦的中年绅士身穿正式舞服和白背心，右手拿着红白色的尖顶帽，左手托着名片，和我对比了半晌，站到我面前，苍白的脸上露出忧郁的神色，低头看我。

喝醉的家伙们躺在长椅上，全都安静下来，每个人都用好奇的目光在我和那位绅士的脸上看来看去。

我有一张白鹰就读九州帝国大学时的照片。那是九大耳鼻喉科部长K博士居中的合照。每次说到白鹰的话题，我都会拿出来给妻子和姐姐看，追忆当年的往事。

所以那时我立刻认出这位绅士就是白鹰医生。没想到多年来一直没能见到的这位白鹰医生，竟然如此轻易地见到了，我不由得满心欢喜。

首先我对眼前这位白鹰医生从前额到后脑的微秃感到震惊，由此更觉得时光飞逝、岁月无情。不过由姬草护士

[①] 等级最高的艺伎，兼具美貌与修养，通常与官员、大名等上流阶级往来。

得来的印象，让我深信白鹰医生非常爽朗、生性幽默，于是立刻向他鞠躬道：

"哎呀，这不是白鹰医生吗？我是臼杵，前些日子真是太感谢您了。"

我笑着走近一步，心中翻腾着难以言喻的怀念和安心。

然而紧接着我便遭遇了冷脸。白鹰医生满脸不悦，表情严峻，微微还了一礼。那无比严肃的沉默态度，让几步之隔的我不由得停下脚步，呆立了好几分钟。我猜想白鹰可能没想到会如此突然地见到我，因而惊讶之下不知该如何反应。况且多年未曾联络的人，突然说什么"前些日子太感谢您了"，换作谁都难免产生戒心。尤其是白鹰医生身为干事，老于世故，说不定把我当成了跑来搅场的舞会流氓，没有弄清我的身份。总之我们如此对峙了两三分钟，面面相觑之下，我终于忍不住又开口道：

"您好，好几次都错过和您见面的机会。今天终于得以拜会，我也是得偿夙愿了。"

我这第二次问候，已经近乎措辞生硬的外交辞令，然而白鹰依然目不转睛地盯着我，双手插在口袋里，仿佛心怀戒备，不肯和一个来历不明的人开口说话。

沉默持续了大概十秒，大厅方向又传来像是叠步舞曲的乐声。

我腋下渗出冰冷的汗水，忍不住再度开口道：

"却说……尊夫人的病情如何？"

"唉？"

看到白鹰露出惊愕的表情，我顿时感觉万事皆休。

"我妻子……久美子……怎么了？"

"啊，听说在三越的玄关处晕倒了……"

"哎呀，什么时候的事？"

"今天早上……九点左右……"

突然爆发哄堂大笑。坐在长椅上的那些身穿燕尾服的家伙，开始抱着肚子大笑起来。有的人笑得太夸张，甚至掉到了地上。

我狼狈不堪。一群无礼的家伙……心中这样想着，我狠狠瞪了他们几眼，不过他们大概也不会理会吧。

这时候白鹰的脸色已经恢复正常，他静静地开口道：

"这可奇怪了。我妻子……久美子说从早上开始就要写教会的会报，不会出门。她平平安安地待在家里。"

"啊，难道是骗人的吗？这……"

"骗人？我……我什么都没对你说过……而且今天还是第一次见到你……"

又是一阵哄堂大笑。

"姬草百合子那个浑蛋……可恶……"

白鹰突然瞪大眼睛，朝后趔趄了半步，随即立刻重新站稳，恢复了刚才的严肃态度。他有些担忧地叹了一口气，紧盯着我问："姬草……姬草百合子……又做了什么？"

"唉……"

我越发狼狈。

"您是问，又……做了什么吗？您以前就认识她……认识百合子吗？"

我下意识地脱口而出，但随即便意识到这个问题十分可笑，同时也感觉到自己的双腿颤抖不已，膝盖撞在一起嗒嗒作响。我怀着想要大喊救命的心情，等待白鹰的回答。

就在这时，传来有人跑上楼梯的脚步声。是另一位侍者。

"请问有位横滨来的臼杵医生吗？"

"是我，是我……"

我松了一口气，转头去看。

"您的电话。民友会本部打来的……"

"民友会本部？是什么人？"

"不清楚是哪位，说是有位从横滨来的议员，在本部晕倒了，鼻血不止……请医生马上过去。"

"等一下，打电话的人是男是女？"

"是位女性，声音很年轻……"

侍者不知为什么嘻嘻一笑。

"浑蛋……连名字都不说，哪有这样出诊的？去问问名字，再让人拿着名片过来接我。"

在场的诸位想必都以为我这是为了掩饰尴尬而故意摆的架子，其实我当时并没有那般闲心。晕倒，又流鼻血……听到这话，我立刻想起今天早上姬草百合子告诉我的关于白鹰夫人的消息。

她……姬草百合子，以前肯定亲眼见过耳鼻喉科的医生在面对鼻血不止的情况时如何狼狈、紧张。所以当她通过电话或者别的什么手段探听到我出乎意料地出席了庚戌会时，惊慌之余便试图以这种笨拙的手段，编造同一天连续出现两位同症患者的方式，阻止我和白鹰见面。她大约也是怀着破釜沉舟的心情断然采取这种措施，期待奇迹发生吧。当然，偶然的巧合未必绝对不可能，然而既然已经对她起了疑心，我自然就不会再认为这是偶然的巧合。这时候，我脑海中忽然闪过一丝感觉，意识到自己已经被她……被姬草百合子那不可思议的大脑，彻底改造成一个任她摆布的木偶。

我一生中从来没有像这样狼狈过。

我只有向在场的诸位及白鹰医生坦诚地深鞠一躬，一言不发地出了房间。又是一阵哄笑，随后是嘲笑声，还有爵士乐的华丽旋律。这些都扑在我的长大衣背上，让我踉跄着跑下楼梯，拦住路过的出租车，向东京站赶去。然后为了安抚自己的情绪，我刻意买了二等座的车票，跳上开往樱木町的电车。不知怎的，我总觉得横滨的家里似乎也要发生什么不得了的大事……因为按照妻子最爱看的侦探小说的套路，十有八九的大事都发生在这样的时候。平时根本不会产生的想象，接二连三地从脑海中跳出来，将我拖进难以忍受的焦躁和不安中。那时候我的脉搏肯定超过了一百。

然而等我坐到无人的二等车厢的柔软坐垫上，抽上一大口烟草的时候，我的心情又发生了重大的变化。望着窗外飞驰而过的银座，小雨中的霓虹灯绚烂缤纷，我开始痛切地意识到，一无所知的自己，正处在毫无意义、无休无止的惊慌失措中。

我为什么要那么惊惶地逃出来？为什么不向白鹰多问问姬草的事？听白鹰的语气，他似乎对她很熟悉。我这时候才想到，自己也不知道以后还能不能见到白鹰……

无论如何，白鹰和姬草百合子确实并非毫无关系。除了我知道的以外，姬草百合子应该还知道白鹰的某些事情，白鹰也知道姬草百合子的某些事情……

想着想着，我脑海中又开始响起丸之内俱乐部大厅里环绕的斗牛进行曲。

我又开始信任她了。我怎么也想象不出，她究竟有什么必要坚持不懈地编造如此复杂的谎言来陷害我们。更重要的是，我忽然注意到，也许在我被姬草百合子欺骗之前，姬草百合子已经受了白鹰的欺骗……因为无论如何，我想起前些日子在电话里听到的白鹰那种爽朗的语气，与今天所见的这位白鹰的嘶哑低沉的声音完全不同。

没错，说不定白鹰是故意摆出那种冷淡的态度来戏弄我这个乡下的学弟，说不定就打算好好出一顿我的洋相。能与出席东京庚戌会的医界名人交往，是地方执业医生的光荣，也是重要的策略。因而在这一意义上处于优越地位的白鹰，说不定早就预料到我的出席，因而伪装成那样的性格，对我百般戏弄。

没错没错，这样的解释很有可能。说不定正因为一切都如他所料，那些人才会那般哄笑。

我原本就是喜欢恶作剧的性格，而且屡教不改。我所想到的这个解释，无非只是我基于自己的经历臆测出来的妄想而已。与此同时，我也意识到，姬草百合子先入为主地给我灌输白鹰的性格观念，对我产生了巨大的影响。事实上，如果我不做出这样的解释，不这样来安抚自己的心绪，那么极度不合常理的可怕不安就会涌上心头，甚至会让我无法冷静地坐完这三十分钟的电车。尽管如此，我在朝着黑暗地平线一路向西的过程中，依然感受到无法承受的恐惧，恨不得中途跳下车去。我被深深压在某种侦探小说式的无法解释的不安亢奋的激流底部。我怕等我回到横滨，发现自己的家人、医院，以及姬草百合子等人，一同消失得无影无踪……

我不知道自己是几点到达樱木町的。我强自按捺着心中的骚动，匆匆走在雨后由车站到家的路上。突然，背后的桥畔暗处传来满含悲伤的喊声。

"臼杵医生……"

我立刻停住脚步，就像早就在等待这一声似的。毫无疑问，那正是百合子的声音。

百合子还是今天下午外出时的那副打扮，手里提着一把黑色的男士洋伞，夜色下依然能看出她画着白色的浓妆。不知是不是我的错觉，只觉得她的眼圈似乎黑黑的。

她撑开那把洋伞，像是要避开他人的视线似的来到我身旁，用一种阴郁但清晰的、全然没有往日开朗的语气开口道：

"医生，您……出席庚戌会了？"

"嗯，去了。"

"见到白鹰医生了？"

"嗯，见到了。"

"白鹰医生很高兴吧……"

"没有。非常冷淡。那位医生，真是个奇怪的人……"

我本带着几分讥讽的语气这样说，但她似乎已经预见我的回答，轻轻瞥了我一眼，侧脸露出落寞的微笑，点了点头。

"嗯，我想肯定是那样。但是医生……白鹰医生其实不是那样的人。"

"哦，他当真是个豪爽开朗的人吗？"

"嗯，非常风趣又平易近人……"

"这可怪了……那，为什么对我的态度那么无礼？"

"医生……为了和您谈谈那件事，我从白天就一直站在这里等您回来。但是，我不知道您回来的时候是坐电车还是汽车……"

说话间，她几次用华丽的绉纱衣袖遮掩面庞，但还是以年轻姑娘的那种干脆利落的态度，夹杂着多少有些愤懑的语气，说出以下这段令人震惊的事实。

我将那时她所说的关于白鹰医生家庭的惊人秘密毫无保留地写在这里。这绝不是要冒犯白鹰医生的神圣。因为我坚定地相信，这份坦白恰恰说明我无比尊敬和信任白鹰医生的人格，同时也能证明姬草百合子的天才虚构能力是如何令人震惊。她所面临的惨淡局面，绝不是普通人的普通程度的虚构能力所能挽回的，但她灵光闪现的天才虚构能力、《十日谈》般的创作技巧及改编技术，能对此做出生动和艺术的收拢。

我与她并肩走在樱木町的人行道上，纷乱的光影川流不息。我全神贯注地倾听她讲述那令人惊愕的真相。

白鹰，我今天见到的那位严肃的白鹰，在姬草百合子就职于K大耳鼻喉科期间，对她无比珍视宠爱，而在她值夜班的时候，白鹰对她的那份宠爱，便常常试图越过某条界限。

然而理所当然的是，她并不喜欢那样。

她的愿望是成为一名具有一定地位和教养的护士，获得医师资格，与自己信任的绅士结婚，在东京中心开医院，相互扶持，衣锦还乡。这是她的人生目标，因而极度害怕成为他人的玩物，最终做出了破釜沉舟的决断，将这件事直接告诉白鹰的妻子久美子夫人。

久美子夫人果然和她预计的一样，是一位贤惠贞淑的女性。世上的妇人在面对这种问题的时候，通常会无视丈夫的罪责，却无比憎恨卷入其中的无辜女性，恨不得将其诅咒到死。而善解人意、不仅仅考虑丈夫的久美子夫人，非常喜欢她这样的洁身自爱，因而对她无比疼爱，想把她留在家里照顾。为了防备白鹰医生，从今年二月以来，便将她留宿在下六番町的自家。对于这项安排，白鹰连一句抗议都不敢说。

然而久美子夫人对她的这份善意，却无端导致她失去了工作。她作为护士的出色表现已经深受忌妒，而如此受宠更遭到其他新老护士的羡慕和仇视，开始捏造流言，四处传扬她是白鹰医生的第二夫人。她感觉这样对久美子夫人太过不公，于是请求离职，夫人也流泪答应，给了她远远超出一般程度的补偿金。百合子就这样带着与姐妹生离死别般的心绪搬到了下谷的伯母家。然后在今年五月初，她开始各处寻找工作，终于在臼杵医院安顿下来，这才松了一口气。这就是她的坦白。

"所以这段时间为什么白鹰医生始终不愿和臼杵医生见面，原因我也很清楚。妾身今天去探望了白鹰夫人，把我至今的担忧都告诉了她。如果臼杵医生和白鹰医生成了好友，知晓了这件事情，臼杵医生为了顾及白鹰医生的感受而解雇我，那该怎么办？夫人也流下泪来，劝我不要担心，保证将来不管发生什么我都不会失去工作。她说过段时间会向臼杵医生求情，令我感激不已。所以妾身大喜过望，安心回到横滨，却想到今天臼杵医生与白鹰医生见面时，不知白鹰医生会摆出什么样的态度。虽然我以为白鹰医生老于世故，肯定会和您一见如故，但仔细一想，男人在面对那种事情的时候，是不是会用某些卑鄙的手段呢？唉，对不起，不是说您……总之想到这里，我就担心得不知所措。也许白鹰医生会装出对所有事情一无所知的样子，以一种仿佛初次见面般、与平日全然不同的冷淡态度令您失望，不言不语便将妾身置于万劫不复之地，把妾身塑造成一个毫无依据捏造事实的女骗子。意识到这一点，我真是坐立难安，除了在这里等您回来，真不知道该如何是好。

"唉……臼杵医生，您一开始让我为您引见白鹰医生时，妾身就很担忧，只想拒绝，您还记得吗？因为那时候妾身便觉得会可能会发生什么，所以才会那般犹豫。但因为您是我很尊敬的医生，又那样热切地拜托，我还是下了决心，不顾自身的情况，给白鹰医生打了电话。

"唉……白杵医生，所以您现在明白为什么白鹰医生怎么都不想见您了吧？我想，白鹰医生以为您早就听妾身说了那些事情，所以怎么都不想和您见面，并怀着一种不得不见上一面，但又实在不想见面的矛盾心情，一次又一次地用那样的策略。我……非常理解白鹰医生的那种心情……所以觉得很委屈很委屈……

"我……并不是喜欢随便宣扬别人家庭秘密的饶舌女……我只是不想成为到处遭受欺压的无根浮萍，在社会上四处流浪……我只想为了医生努力工作……在K大的时候也是那么努力地工作……可是……太……太过分了……"

她将黑色洋伞扔在路边的碎石堆上，用两只袖子捂住脸哭了起来。

不知不觉中，我们已经走到了我家的石阶下，面对面站在一起。恰好有两三个工人模样的路人经过，都用诧异的目光频频回头。不知道在他们眼中，我们看起来像是什么关系。

我好不容易才安抚她回了医院，但当时到底讲了什么，我完全记不得了。如果还能记得的话，大抵应该都是些会让白鹰医生愤慨不已的话吧。

走上旁边的石阶，来到位于空地尽头的我家玄关处，刚刚拉开老旧的格子门时，里屋的时钟正好敲响一点的钟声。除去路上走的将近二十分钟，我还和她站着讲了那么长时间的话，想到这里不禁有些脸红。随后我发现家里似乎一切如常，心里不由得卸下了一块大石。

然而这份安心归根结底只是我的一场空欢喜罢了。我在电车中一直耿耿于怀的异常不安，果然正中要害——是在出乎意料的意义上。

妻子和姐姐穿着睡衣匆匆赶出来接我，两个人神色激动，一看到我便连声询问起来。两个人一左一右，恨不得揪住我的衣领。

"见到白鹰医生了吗？"

"嗯，见到了。"

"那姬草小姐……"

"我刚刚回来的路上一直在和她谈话。"

姐姐和妻子面面相觑，两个人脸上都显出明显的惧色。我正在脱灰色中折帽，看到她们的神色，顿时感觉自己仿佛身处侦探小说里鬼气森森的深夜场景。

"你和姬草小姐说了什么？"

"你们先说吧。"

"你先说。"

"傻瓜，不是都一样吗？说吧。"

"可是你……"

"到客厅去说吧，渴死我了。"

然后我一边喝着热茶，一边听两个女人讲述。原本浮现在我脑海中的奇异家庭悲剧的舞台场景，不知不觉间发生了彻底的改变。

在我离开的时候，本该卧床养病的白鹰久美子夫人，给白杵医院打来了电话。那似乎是因为我在大约两小时前见到了白鹰医生，他随即给下六番町的自家打了电话的结果。白鹰夫人以非常冷静且无比友好的语气，对我们一家给出了提醒。

接电话的是我妻子松子。她从白鹰夫人那里听到的消息，真是能让女人吓破胆的事情。

当然，姬草百合子的话语也有部分真实性。她和曾经在K大耳鼻喉科工作过的姬草百合子确实是同一个人，她也的确具有令人惊叹的天才护士技能，然而同样众所周知的也有她那令人惊叹的天才撒谎技能。

一旦某位略具社会知名度的人物住进K大的耳鼻喉科，她，姬草百合子便会以她独特而迅捷的外交手腕，排挤其他护士，由她一个人护理。于是那些受她护理的人，自然会整天张口闭口都是姬草，她就能从那些患者手里收到各种贵重礼物，也不知是怎么弄来的。她还经常得意扬扬地向同事炫耀。

不仅如此，她还曾经毫不在乎地宣称自己和有身份有家室的某某订了婚，最后却是和很久以前住过院的某位电影明星睡了觉，还弄得不得不去堕胎……这样的事情（？）[1] 她也毫不害臊地告诉护士长，申请长期休假。此外她还自己宣扬医院里的甲乙丙丁和她发生过关系……由于实在过于伤风败俗，最终K大耳鼻喉科的科长大凪教授给了她劝退的处分。

---

[1] 原文如此。

不过白鹰久美子夫人很早以前就是卫理公会的虔诚信徒，一向对她的那些恶习怀有同情，而且也很惋惜她的才能，因而在她被解雇时，把她安顿到自己家里，千方百计教育她不要撒谎，尝试以基督的圣名封印她的恶习。

然而这对她而言似乎是难以忍受的压抑，最后她终于不告而别，逃出白鹰家，不知去了哪里。就在久美子夫人日夜牵挂的时候，今年六月初百合子突然打来电话，说自己现在在横滨的臼杵医院上班，已经不撒谎了，也深受臼杵医生信任，希望夫人为她以前的事情保密……一番话说得非常恳切。

然而深知她性格的白鹰夫妇并没有轻易相信她的话，自那以来，她心中便被一种难以形容的不安笼罩。他们推测她肯定想混进臼杵家，又编造一些煞有介事的谎言搅得臼杵家天下大乱，而且也不知道会说些什么胡话，让臼杵医生以为她在K大和白鹰家发生过什么不得了的事……出于这样的担心，白鹰夫人私下给妻子松子写过好几封信，装作不经意地询问百合子的表现，不过那些书信大约都被百合子扣下了，夫人从没有收到过回信。

于是白鹰夫人越发担心。难道臼杵一家完全相信了那个撒谎高手的话，鄙视白鹰一家，因而根本不屑于联系吗？但如果真是如此，自己就算用过于执拗、急迫的手段强行联系臼杵家，只会越发显出自己的狼狈与可笑……由于诸如此类的顾忌，白鹰夫人越来越陷入难以形容又令人不快的荒谬不安中。尤其是心胸狭隘、神经质的白鹰，似乎极度恐惧百合子的恶习，这段时间夫妻俩在一起的时候尽是谈这些事。"但是今天我丈夫见到白杵医生,只觉得医生的态度非常奇怪,便让我打个电话问候一下。白杵医生显得非常忐忑与亢奋,不知道是不是那个女人又做了什么奇怪的事,所以还是想尽早打这个电话。我丈夫还说,也不知道会不会碰到百合子接电话……"听到久美子夫人的这番解释,妻子松子不由得面红耳赤,简直连电话都拿不住了。

不过,妻子松子也被无法忍受的不安包裹,因此鼓起勇气继续通话,并向久美子夫人询问了许多事。果不其然,到今天为止,姬草百合子所说的一切,可以说全都是毫无根据的谎言。不管是白鹰医生去平塚出诊、观赏歌舞伎表演,还是今天久美子夫人在三越的玄关处晕倒、姬草说要去探望,所有的事情都是她胡编乱造的。

听到这番话,我有种被高压电击中的感觉。我仿佛看到,姬草百合子——白杵医院的吉祥物、天才护士,犹如和平鸽转世的纯洁身影,逐渐幻化成丑陋的灰白色骷髅。与此同时,我也想起了百合子一边骂一边沿着昏暗的红叶坂向医院走去的身影,与西班牙单步舞曲的旋律一并浮现,与正在凝视我面庞的姐姐和妻子的苍白脸色相互映衬,一种难以言喻的怪异恐惧感攀上我的脊背。

这时,妻子松子新倒了一杯茶,长长叹了一口气,像是要给以上内容做一个总结似的,又说出下面这番奇异的话语。

"亲爱的,姬草这个女孩,真的很不可思议。妾身明明知道被她耍得团团转,但就是没办法恨她。我现在终于明白,白鹰夫人的想法肯定也和妾身一样,一定也很疼爱那个女孩。在你回来之前,我和姐姐一直在谈这件事。"

听到这句话,我终于下了决心。我意识到她……姬草百合子具有可怕的魔力,她那不可思议的无边魅力……如今连我的妻子和姐姐都被笼罩在内。我情不自禁地叹了一口气,同时想到一个可以摆脱她的魔力的办法——虽然那办法有些粗鲁和卑鄙。我故意没有对姐姐和妻子说话,直接站起来,走回玄关,戴上帽子。两个人一脸诧异,但我没有告诉她们我要去哪儿。我飞快地走上红叶坂的大道。太可怕了。此时此刻,坡道下绵延的黑暗房顶、明灭闪烁的广告灯牌,甚至连在那之上散落的苍白星光,都像是她呕吐出来的谎言残骸。

我打了个寒战,跑下红叶坂,拦住一辆经过的出租车,一路驶到神奈川县政府大楼前的东都日报分社,叫醒中学时代的同窗好友——分社主任宇东三五郎,一起去了附近烤肉店的二楼。在那里,我对他说"有个很有趣的新闻题材",把至今为止关于她的事情一字不落地告诉了他,然后问宇东,到底该怎么办。

宇东捻着他引以为傲的船长胡须默默听了半晌,随后看着我微微一笑。他用非常直白的语气向我提问。

"呵,我有个问题要问,你必须坦白回答。"

"没什么好坦白的。除了刚才告诉你的……"

"呵,那么你和她之间,没有任何关系喽?"

"浑蛋……太没礼貌了……你以为我是……"

"我知道，我知道。那个我知道。"

宇东突然拿起雪茄烟斗，叫了起来。

"明白了，明白了，是地下工作者啊，地下工作者！"

"啊，地下工作者……？什么地下工作者？"

"地下工作者啊，地下工作者。除了地下工作者，不会再有那么活跃的人了。目前那些家伙很活跃，一直在搞什么地下活动。只有那些可怕的诈骗天才，才能在今天的地下组织中存活下来。你把那样的女人养在身边，以后还不知道会遇上什么事……"

"哇，我明白了，原来是地下工作者。但是那个女孩真的参与了那么大的……"

"不不不，不可能。地下工作者最可怕的手段，就是擅长让人这么想。肯定是地下工作者。地下工作者啊，地下工作者。不然的话，还能怎么解释她的那些奇怪行为？那个姬草小姐，说不定还是个大人物，把你的医院当成据点，联络各色人物。"

"嗯……虽然也不是不可能，但我怎么也看不出她有那种倾向。"

"你怎么可能看得出来？如果像你这样的外行都能看出来，她早就落网了。"

"嗯……说得也是。"

"总而言之，那个女孩不是我们能对付的。而且你刚刚说的那些，根本做不成新闻报道。现在咱们直接去特高课长家吧。"

"啊，特高课长……？"

"嗯，不过那些工作不能都交给我们。我们可对付不了邪恶。"

"特高课长家在哪儿？远吗？"

"你不知道？"

"不知道啊。"

"怎么会不知道，就在你家旁边啊。"

"啊，就在旁边？"

"嗯，就是田宫家啊，你真是够粗心的……"

"我又不是地下工作者，完全没注意到……"

"我有种感觉，那个叫什么草的小姐接近你，可能真正的目标不是你家，而是你家的邻居吧……"

"原来如此。那位田宫，在门口打过几次招呼。点瓦斯灯的时候。是个相貌挺凶的大个头吧？"

"嗯，没错，没错。你既然认识，那就更好了。直接过去……等一下，我先去分局打个电话给他。"

谈话进展很快，感觉真相就要浮现在眼前，但真相到底会是什么呢？

我心中怦怦直跳，随着宇东一起跳上出租车。

田宫特高课长已经睡了，不过由于职业关系，他还是在二楼的客厅接待了我们，脸上没有丝毫不悦。

田宫长得很像黑社会老大，皮肤黝黑，很有威势。他穿着棉袍端坐在紫檀桌前，抽着朝日香烟听完我的讲述，双臂抱在胸前，转头看了看旁边的宇东，嘟囔了一句：

"难不成是地下工作者……"

听到这句话，我的心又是猛地一跳，不由得向前探身，战战兢兢地问：

"如果是地下工作者，那该怎么办？"

田宫眼中闪过一道冷光。

"抓来看看。"

"啊？抓……为什么……"

"明天早上……不，是今天早上才对。天一亮我就派警察去医院。你看好那个护士，别让她跑了。"

"这……这可能会有点儿麻烦。"

机灵的宇东慌忙帮我解释。

"其实我们就是为此来拜托您的。白桦医院刚刚开业不久，如果贴上地下工作者的标签……"

"啊哈哈，说得也有道理，那就照你们的想法办吧。明天越早越好，随便找个事情安排那个姑娘出去，地方不要搞错就行。"

"明白了。那就这样：我刚好有一块南洋产的巨大紫翠玉，我姐姐和妻子都不喜欢紫翠玉，所以一直不知道该拿它怎么办，我把它交给那个姑娘，让她马上送到伊势崎町的松山珠宝店去做成戒指。估计最晚也会在九点到十点之间出门……因为十点左右就忙起来了。"

"很好。不过最近地下工作者很敏感，所以要特别小心……"

"应该没问题。没人知道今天晚上我来过这里……而且我妻子也说过要给姬草买一枚戒指……"

"原来如此，那倒是正好……"

"那就这样吧。这么晚来打扰……"

凡此种种，让我那天晚上的精神状态相当凄惨，必须服用安眠药才能入睡。后来一问才知道，姐姐和妻子也是一样的。听我讲完详情，两个人想象着天一亮就会落在可怜的姬草百合子身上、不知会多可怕但完全无法阻止的命运，亢奋之余，整夜都没能睡个好觉。松子在昏昏沉沉中看到姬草百合子被反绑双臂拖出医院，吓得一下子清醒过来。姐姐则是不停地做噩梦，梦见她被吊在绞刑架上，还清晰地看到她扭曲的面孔，被松子叫醒了好几次。

不过天亮后的计划进行得还是非常顺利。妻子松子若无其事地来到医院，立刻悄悄把姬草护士叫到药房，非常自然地把一大颗紫翠玉塞到她手里。果然，百合子一点儿都没有怀疑，还跑到我这里来道谢，似乎发自内心地欣喜。那时候我也一如既往地满面带笑，大大方方地点了点头，简直和名演员不相上下。后来姐姐还经常嘲笑我。

不过，当她……姬草百合子留意着开诊时间，迅速换上衣服，急急忙忙跑出医院的玄关时，姐姐、妻子和我目送她离开的那副紧张模样，甚至引起了其他护士和患者的注意。我们显然相当失态，神色僵硬，就像目送某位高贵人士离开似的，后来还被追问到底发生了什么。姐姐和妻子还慌慌张张逃进卫生间，掩饰忍不住涌出的泪水，可谓相当滑稽。

姬草百合子再也没有回来。

整整一天，姐姐、妻子和我时不时面色苍白地互相对视。

过了一晚，第二天早上八点左右，邻家田宫特高课长处来了一个小学一年级的孩子请我过去，我提心吊胆地换上和服随他过去，却见田宫和前天晚上一样穿着棉袍，在可以眺望横滨港的二楼客厅里等我。一看到我，便红着脸露出莫名的笑容，给我上了一杯热腾腾的红茶，语气比前天晚上更加爽朗。

"她不是地下工作者。"

"啊……"

我有点儿不知所措，重新坐直身子。

"我们费了不少力气调查，结果和地下工作者一点儿关系都没有……据说她家里很富裕，但是根据电话和电报两方面的调查情况，发现她家里不要说富裕了，根本就是一贫如洗。她那个哥哥是家里唯一的儿子，二十七八岁，好吃懒做，把家产都败光了，后来丢下一句话说是要去东京发展，然后就不知去向了。年迈的父母没人照料，只能有一餐没一餐的四处游荡。至于那个女人……叫什么来着？哦对了，百合子，也是一分钱都没寄回去，你说的那个奈良腌菜还有别的土特产，全都是她编的。姬草百合子也不是她的真名，她家里其实姓堀。进庆应[①] 医院的时候，用了朋友妹妹的户口本，谎报了年纪。她真名叫由美子，堀由美子，十九岁那年学着哥哥离开家乡，到现在已经六年了，至于十九岁的年纪也是胡编的。她坚持说自己二十三岁。当然，调查还发现她根本没上过女子学校，真是什么事情

[①] 庆应的罗马字写法是"Keio"，也就是前文说的K大。

都敢编的女人啊……"

"啊……那她根本不是地下工作者？"

"和地下工作者绝对没有任何联系。我们调查得非常仔细。"

"这样说来，她到底是什么人？"

"这个啊，咳咳，就是那个什么，说到底她就是个可怜的女人。她衷心感谢你们一家的亲切对待，说自己想在白杵医院干一辈子。她还一边骂一边说，要是被白杵家的人怀疑，她宁愿咬舌自尽。"

"啊……真的吗？"

"真的。早上十点左右，过来把她接回去吧。逮捕她是因为怀疑她是地下工作者，现在嫌疑洗清了，也就该释放了。只说她可怜……其他什么也没说，就把她交还给你吧。你也可以教育她，说你很信任她，让她以后不要再骗人了。总之她是个可怜的女人，以后还是多照顾照顾吧。"

"哎呀，真是奇怪，那个女人到底为什么编造出那么多乱七八糟的事情给我们蒙羞呢？那些毫无根据的谎话……"

"唉，这个啊，关于这一点，我们也仔细调查了，总之就是那个姑娘的无聊癖好。就像是山里出来的女佣总喜欢吹嘘自己的家乡一样，但不至于构成犯罪。而且涉及个人隐私，我们也不好继续调查。哈哈哈！总之很抱歉让你损失了一颗宝石。请好好照顾她吧。她挺可怜的……我该上班了，就此失陪。"

迟钝的我，从田宫的态度中什么都看不出来，只能像个一无所觉的傻子一样离开他家。我把这番话原封不动告诉姐姐和妻子，两个人倒是高兴坏了。

"你看，我早就说过吧。"

"这不是说没说过的事……而且根本没说过吧？从一开始就……"

"不，我就是这么想的。姬草小姐不可能是地下工作者，都是你多事……"

"什么叫多事啊，至少搞清楚了姬草爱撒谎……"

"总之很好啦，没事就好……刚刚我还在和姐姐说呢，如果姬草小姐平安回来，还要不要解雇她？说来说去，总觉得她太可怜了，还是想求你把她留下来。啊，太好了，我们的吉祥物……我们马上去接她回来……你说好不好？"

她们俩兴高采烈地坐上车出发了，连我的早饭都忘了准备。

据说百合子在拘留所的走廊里紧紧靠着姐姐的胸口，就像个五六岁的孩子一样，一边哭一边不停地叫喊："我再也不骗人了，再也不了，再也不了！"

这让她们俩很心疼，以为审讯非常严厉，都暗暗落下眼泪。

三个人一同乘车回来，百合子昨天早上的妆已经消失得干干净净，于是姐姐和妻子给她放热水洗澡，让她换上干净的内衣，简直像是死而复生般收拾了一番，然后才终于和我一起吃早餐。百合子只是不停地重复说"对不起、对不起"，一副食不下咽的模样。

然而她……姬草百合子，或者说是堀由美子的奇异性格，究竟是如何形成的呢？

我特意推迟上班时间，坐在玄关旁边的客厅里，询问她审讯的情况。结果那审讯的内容委实令人吃惊，实在难以描述。

已然完全现出原形的她，一边流泪一边讲述经过。按照她的说法，伊势崎警察局的诸位警察对她的审讯并不严厉，也不可怕。她一边抽泣一边讲述那种魅腻的、简直无法用语言描述的经过，令旁听的姐姐和松子都坐立难安。她详尽地描述了身穿便装的田宫特高课长在点了巨大火盆的局长办公室里与她促膝长谈的景象，从那一次次迸出的木炭火花，到田宫课长手表的声音，无一不是栩栩如生。

然而这一次我丝毫不觉得惊讶。

我平静地听着她的讲述，仔细观察她那逐渐亢奋且滔滔不绝的神情，发现她的眼神中渐渐闪现出一种异样的美。那是精神异常者亢奋时经常可以看到的比纯真更为高亢的纯真，是一种既不能用妖艳也不能用凄美形容的、充满色情感的魅惑的情欲之光。而在观察她那种眼神的时候，就连迟钝的我，也像是夜色渐明般逐渐理清了所有的逻辑。我终于明白了。她在那不可思议的脑神经作用下描绘的那些无比复杂混沌的事件，实际上都是相当平凡、简单明了的事实。

性急的我在她讲述的中途，装作上厕所的样子，悄悄来到起居室，在那里和满脸通红、苦笑不已的妻子松子耳语了几句，让她以最快的速度把医院里和百合子同寝室的护士叫过来，询问百合子的私密事。

被喊来的护士叫山内，出身于乡村，非常正直忠厚，总是怯生生的样子。在我们三个人面前，她满脸通红，双手整整齐齐叠放在膝头，回答的时候也像个柔道选手般目不斜视。她似乎有些怨恨姬草。

"是的。姬草小姐的月经来潮很准确。每个月大致都是月初的四号或五号。因为总是让我给她洗衣服，所以我很清楚。"

听到这里，我立刻站起身，换上西服，抛下所有事情，跳上汽车，赶到县里的特高课，拜见了刚刚上班的田宫课长。我顾不上寒暄，劈头就说：

"田宫先生，我终于明白了。那位给您添麻烦的姬草百合子，不知道是卵巢性还是月经性的，总之是生理性抑郁症导致的精神异常患者。我终于发现了，为什么不管是感到不安，还是产生难以想象的虚荣心，或者到处传扬毫无根据的事情，都是在月经前的两三天。只要翻翻我的日记就一目了然了。"

"啊哈哈，这样吗？其实以我的经验来看，也怀疑过可能是那种情况，不过我对那个不太了解，所以也就……但你为什么会想到调查那个呢？"

"因为……涉及您和我的名誉，还请您坦诚相告。昨天晚上您在审讯的时候，那个女人是不是说了我什么事？"

听到这个问题，就连老练的田宫也不禁红了脸。

"啊哈哈哈，你知道了啊……回到你那边后，她全说了啊？"

"不不不，她完全没说我的事，反而详细描述了您审讯时有多亲切体贴，真是描述得细致入微。这让我感觉非常奇怪，然后马上又想到今天早上您说的那番话，顿时感觉坐立不安，所以立刻赶了过来。那女人真是太过分了……"

田宫的脸涨得通红，穿着一身制服呆立在原地。

"哎呀，我还是全都告诉你吧，这样我也能做个参考。你在十月的……某一天，下午去了箱根的芦之湖酒店，给一个外国人看病，对吧？"

"是的，我去了。那是石油公司的经理——一位老人家，名叫拉尔桑。"

"那时候带她去了吗？"

"怎么可能带。我一个人去的。"

"原来如此。那么你出诊的时候，百合子在医院？"

"这……应该在医院……因为我没带她去……"

"但是那天下午百合子并不在医院里。昨天晚上我们打电话询问了你医院的护士，说你离开后不久，就从横滨站打来公共电话，让她马上好好打扮一番，赶去横滨站……"

"哎，真让人吃惊。那女人有点儿像个电话狂，经常用电话编些谎话。对着电话自编自导，就像真的有人打来电话一样。"

"总之因为这个，她匆匆忙忙化了妆，精心打扮之后，离开了医院。"

"胡说八道……我怎么可能带着一个精心打扮的护士出诊。"

"是吧？我听到这话的时候也感觉有点儿奇怪。要不要带护士，离开医院的时候应该就知道了。"

"而且也不会用那么可疑的方式带出去啊，哈哈哈！"

"哈哈哈，但是那时候的事情我可是详细询问了一番。酒店里好像有个很高级的浴室，叫什么'梦幻谷'的，我是没去过啦……"

"我从来没听说过。我在那家酒店，和那个名叫拉尔桑的洋鬼子一起吃了饭。他应该还在那里，您问一下就知道了。他有严重的神经衰弱，引发了中耳炎，我给他做了鼓膜切开手术……"

"是吗？发生在那个什么梦幻谷浴池里的事情可太棒了。她说什么两个人的身影浮在青黑色岩石之间，映在天花板的镜子里，就像桃色的金鱼一样……哈哈哈！"

"胡说八道。她什么时候去的？"

"她不可能一个人去吧。"

"当然不可能……真是太能编了。"

"确实太奇怪了。"

"是很奇怪。其实今天早上您教诲我，要我好好照顾她，那时候因为涉及她的名誉，我不方便辩解，但是接下来我打算立刻把她赶走，所以预先赶来请求您的谅解。"

"哎呀，这话说得我可惭愧了。是我该向你道歉才对。你尽快把她赶走吧，那个女人太不像话了。"

"也不至于说不像话，都是我太粗心，给您添了麻烦……"

"不过我也是头一回遇上那样莫名其妙的人，可真是……"

"是啊，太少见了，连您都……"

"名媛贵妇中大概也有那样的人,不过毕竟不构成犯罪,我们也不会插手。"

"难道比她还能撒谎?"

"也许吧。总之就是一种妄想狂。说什么自己家里有百万家产,自己是天才的护士、绝世的美女,没有一个男人不会拜倒在自己的石榴裙下。不管什么声名显赫的人物,马上就要和自己什么什么……说得言之凿凿,其实都是妄想。那种女人最大的乐趣就是让别人相信自己的妄想。前天晚上她还说自己生过孩子,既然是她说的话,那么很可能还是编的。说不定她本人还是个处女……哈哈哈!"

"啊哈哈哈哈,真是让人哭笑不得……那么我就不打扰了……"

"好的,再见。"

说完这番话,我道别离开,给她的保证人、下谷的伯母发了一封电报,心中想着自己终于要从这荒谬的漫长噩梦中醒来了。但同时也在怀疑,她的伯母是不是真实存在的人?

那天傍晚时分,自称是她伯母的妇人匆匆赶到了我家。据说她是理发师,四十多岁,体形肥胖,梳了一个很有精神的梛卷头①,身上穿着木棉和服,打招呼的声音也中气十足,左邻右舍都听得到。

"哎呀呀,她真是个冒冒失失的姑娘啊,真的……不不,

---

① 日本女性的简单发型,不用绳子,只将一束头发缠绕在梳子上固定在头顶。江户中期开始流行,一般是手艺人的日常发型。

我不是她伯母,而且我是正宗的江户人,啊哈哈……我以前在那个大学的耳鼻喉科住过院,做了脑膜炎手术,那时候那个小姑娘特别照顾我,比亲人还亲。我们就是这么认识的。她整天喊我伯母,亲热得很,我也没办法,只好做了她的保证人……不不不,那个啊,她一住在我家,周围的年轻人就像苍蝇一样涌过来,烦得很。那姑娘怎么说呢,真的是很奇怪的姑娘。来到我家没两天,附近的年轻小伙子就全兴奋起来了,简直像个女妖精一样。所以我求她赶紧走,哪怕做她的保证人也行。我这样才把她赶出去……"

她一边滔滔不绝地说,一边掸了掸袜子上的灰,大摇大摆走进了客厅,然后掏出一个旧式的小烟盒,拿出一根细细的银色烟管,放低声音,瞪大眼睛,对着我端上来的烟灰缸点了点头。她的视线在我们三人脸上扫来扫去。我们则是面面相觑,这位保证人可真让人吃不消。

"那些年轻小伙子倒是想起一件事,她就是前段时间东京报纸上闹得沸沸扬扬的'迷之女'。你们知道吗?好像就是她。她自己说过,那么简单的恶作剧,她能搞出来。那姑娘被小伙子们捧得得意忘形,不小心说漏了嘴,然后大家半开玩笑地问了半天,发现好像确实是她,结果都有点儿害怕了。她走后,有人偷偷告诉了我。我听说了这事,也有点儿害怕,就趁她出门找工作的时候翻了她寄存的包,结果你猜怎么着?包里有个崭新的文件夹,里面收了好些份那个'迷之女'的剪报……不不不,其他的报道一篇也没有。我吓得魂不附体。一直到今天,想到自己会不会犯下包庇罪,还是害怕得要命。不过好歹过去也就过去了。好,好，我把她带走……嗯，嗯，尽量悄悄带走，不会引人注目。不不，不会再让那种姑娘住到我家了，再纠缠下去连我都会遭殃……哪有什么哥哥，全都是骗人的……您府上也遭了灾啊？花点儿钱打发她回老家，对得起自己的良心，也不会遭她怨恨。您也是辛苦了。实在对不起，我自顾自说了这么多，太打扰了……是是，那就告辞了……"

她果然遵守承诺，悄无声息地带走了由美子。那天傍晚后，姬草百合子就消失了，不仅我们没发现，就连和她住在一起的护士也没有发现。就这样，除了开头提到的她那封遗书外，再也没有收到她的音讯，而医院也一如既往生意兴隆。

尽管如此，确实还有许多患者冲着她的名字来到医院，简直让我怀疑自己的医院是为了她而存在的。

另一方面，按照后来诸位警察来敝舍串门时的说法，根据她的供述，她找了对面荞麦面店的外卖员打电话。那个外卖员以前做过无声电影的解说，伪装成白鹰医生，号称从东京打电话过来的也是他。她把台词一条条写在纸上，把解说员喊到医院的地下室，练习了一遍又一遍。白鹰的书信也是她拟的文案，让县政府大楼前的代笔人抄写后投寄的。越听这些事情，我越觉得她的虚构创作能力，还有那舞台导演般的能力，都是非同寻常的。关于虚构的要素，她具有一切专业的，或者说是病态的知识和兴趣。她以一切艺术家或恶棍都不能及的天才的、恣意的、可怜的、势不可挡的气魄，与冷酷而严峻的现实战斗到底。K大医院、警视厅、神奈川县警察部、白杵医院，全都被她玩弄于股掌之间。她掀起一场又一场的波澜，随即消失得无影无踪，音讯全无。我纵情想象她那高超的手段，唯有惊愕长叹，感佩莫名。

还有一件重要的事。在那之后，我在医院开展了详尽的内部调查，结果发现少了一个小型注射器和一瓶吗啡。那还是很早以前的事。在她……姬草百合子偷吗啡的时候，刚好被前面提到的那位山内护士看到。那时候姬草回头恶狠狠地瞪着山内说："敢说出去，你就等着好看吧！"那副犹如恶鬼般狰狞的面孔，让山内吓得至今都没敢说……

"世上再没有像姬草小姐那样令人恐惧、令人胆寒的人。她总是说'太无聊、太无聊''想去死、想去死'，弄得我很害怕，甚至在半夜姬草小姐上厕所的时候，我也会悄悄跟在她后面。而且姬草小姐特别霸道，什么脏衣服都让我洗，找对面荞麦面店的年轻男子的时候也让我去。她还反复恐吓我说：'如果敢把我的秘密泄露给白杵医生一点儿，我就只能先杀了你然后自杀。反正我要是在医院待不下去，出去也是死。'所以我只能照姬草小姐吩咐的去做……"

以上就是山内护士胆战心惊的坦白。

这时我才第一次知道，原来姬草是把整个人生都押在了一个个谎言上。一旦她的谎言败露，就不得不以自杀来面对这个世界。她便是整日深陷在这样无路可退的心理困境中熬到天亮。恐怕唯有在这种冒险般的紧张气氛中，她才能感受到某种难以言传的生存价值吧。

她是个天才的姑娘，对谋杀、盗窃、抢劫等事毫无兴趣，只对编造谎言具有无限的、连生命都可以舍弃的兴趣。

　　她似乎对堕落的贞操多少也有些兴趣。但那也许不是具体的堕落，而依然是虚构的堕落。相较于现实的不道德，想象中的偷情与淫荡更能令她兴奋和满足。可以想见，在生活上，她的肉体远比我们这些第三者的臆测纯洁、干净得多。

　　说到此处，如她这般撒谎的名人自K大以来从未换过化名，其心理多少也能理解。恐怕那不仅仅是因为她知道姬草百合子这个名字与她清纯可怜的身影相呼应，更是因为她在内心深处以自己感情上的清纯无瑕为傲，才执着于这样的名字吧。

小生关于姬草百合子的报告至此结束。

宇东三五郎依然认为她是极为狡猾的地下工作者之一，是不世出的天才少女，表面上伪装成喜欢撒谎的女人，在他人未曾察觉到丝毫端倪时便已完成所有的工作，随即得胜而去。他甚至怀疑，那位扮演伯母的中年妇人，也是与她一同工作的重要地下工作者，也许正因为她的工作已经告一段落，所以才现身前来救她。

此外，田宫特高课长认为她无非是个具有特殊才能的魅魔罢了。后来得知，臼杵医院附近的年轻人，没有一个不知道她的名字。所以足下与小生既被她的诡计玩弄于股掌之间，又对她满怀同情，委实是最愚蠢的牺牲品……偶尔来医院串门聊天的诸位警察，话语间隐隐透出如此想法，不过小生以为这又是另一个极端。换言之，这个结论恐怕对她太过高估了。

这样说也许有些失礼，小生与足下一样，未曾发现任何能够支持这一说法的依据。想必足下对此也十分赞同。

小生与小生的姐姐及妻子一同坦白，小生等人对她绝没有丝毫怨恨。

在这个善恶无报的世界，没有神也没有佛、没有血也没有泪、没有绿洲也没有蜃楼的沙漠般的世界……在这片干涸的巨大空间里，她相信诞生于自己幻想的虚构世界才是唯一无上的天堂，用她的生命紧紧拥抱那个天堂。对于她的那般心绪，小生等人每每念及都会心生怜悯。她无比珍视的天堂、她创造出的无上珍贵的天堂……就像孩子紧紧抱住的美丽玩具一样，毫无来由地被打碎、被毁灭，因而最终只有选择自杀。她那凄惨的心绪，姐姐和妻子都为之流泪不已。邻近的田宫特高课长听了小生等人的说法后笑道："这样想的话，世上就没有坏人了。"事实上小生正是如此想的。

她并不是坏人，她只是一位了不起的创作者。只是因为她不小心创作出一位与小生同样性格的白鹰医生——并非足下的足下，而且也正因为那是无限接近于真实的杰作，导致她持续受到恨不得马上自杀的恐惧心理威胁。为了挣脱那种胁迫，她又不得不将虚构的世界逐渐扩大和复杂化，在这个过程中自然而然地构成了她自身的破灭。

然而小生等人为了小生等人自己的面子，群起而攻之，将她逼入破灭的深渊，并且紧追不放，直至将她逐入幻灭的世界。

因此，她其实是因无中生有的事而苦，因无中生有的事而死。

令她生的是幻想。令她死的亦是幻想。

仅此而已。

为使足下安心，小生写下这封书信，报告上述经过。

小生以提神喷雾抵抗睡意，终于行文至此，然而天已泛白，小生的大脑也已混沌一片，就此搁笔。

在她死后依然纠缠着小生等人的无中生有的谎言漩涡，以及小生对足下所负的重大责任，都随此文宣告完全终结。

再见。

请为她祈祷。

臼杵利平　敬上

少女地獄　火星の女

少女地狱 之 火星之女

❖

我逐渐感觉到，我的生命是在宇宙中流动的巨大虚无，除了时间与空间之外什么都没有。

我清晰地意识到，我出生的故乡一定是在那广袤天空之外的没有声音也没有气味的世界……

我做梦也没想到……那恶魔的翅膀无情地拍打着我，残酷地将我推入无可逃脱的人间地狱，推入即使化作这样的焦尸也无法清算的折磨中……

县立高等女子学校的怪事

焦黑女尸案

谣言滋生谣言 案情陷入迷宫

今日首次披露真相

此前报道,三月二十六日凌晨两点左右,市内大通六丁目的县立高等女子学校内,一幢位于运动场角落的废弃仓库起火。由于当时风力强劲,火势蔓延极为迅速,幸有市消防署奋力扑救,虽然该建筑完全烧毁,但校舍没有任何损失,令人欣慰。然而时隔不久,同日早晨在火灾现场发现一具完全烧毁的尸体,连性别都无法分辨,再度引发混乱。根据该尸体的解剖结果,其为一名少女的尸体,腰部有安放燃料助燃的痕迹,因此警方认为该案件可能是涉及色情的谋杀焚尸案,侦破难度很大,禁止媒体报道,并展开了极为紧张和严密的调查。然而时隔一周,不仅未找到凶手,而且连尸体的身份都未查明。谣言滋生谣言,案情陷入迷宫,甚至连倾尽全力持续调查的司法当局之威信都受到了怀疑。但此后案情调查似乎有所进展,今日突然宣布解除对报道的禁令。由此推测,当局应当掌握了准确无误的重要证据,相信不久便会向社会公布案件真相。

谋杀纵火嫌疑十足

但恐非普通纵火犯

由于当局依然在对上述事件展开持续调查,因而至今一切都处于保密状态。根据案件发生后本社迅速探知的消息,县立高等女子学校的废弃仓库平时无人出入，而且远离火源，因此纵火的嫌疑极大。但如果是以焚烧校舍为目的的纵火犯，其手法又截然不同。而且现场还散落着疑似玻璃瓶的碎片，由该处原本做过仓库来看，难以判断是否为服毒用的小瓶。此外由于烧焦的尸体无法采集血液，也无法判断体内是否有毒素、一氧化碳等物质。死者是否为处女、是否为疏忽导致的火灾等，同样难以判断。不过从现场状况及尸体的外观等来看，依然有充分的他杀嫌疑。正如此前报道所称，大部分人怀疑此案件乃是色情关系所致的惨剧。又及，该校自三月十九日起休春假，宿舍里没有任何学生。住校的校工老夫妻及当晚的值班人员都接受了调查，并无可疑之处。校园有高墙环绕，因而所谓性变态的流浪汉携校外少女进入校园的推测也只是想象而已，没有丝毫迹象可以证明。在解除此前的报道禁令后，调查方向似乎发生了彻底的变化，真相或许会在全然未曾预料的方向出现。

烧毁的仓库
是以前的礼仪教室
校长引咎禁闭

焚毁的县立高等女子学校的废弃仓库是纯日式的二层小楼，共有四个房间。作为市内唯一的茅草房顶建筑，坐落在学校的运动场一角，在箭术道场背后绕着一圈高高防火墙的地方。当年建设学校时，按照校长森栖礼造先生的意见，在需要拆除的民居中留下了它，当作学生的礼仪教室。后来毕业生捐赠的礼仪实习用茶室竣工，这里自然就废弃了。直到火灾前，这里一直被用作仓库，楼上楼下乱七八糟地堆满了运动会用具、旧黑板、旧洋灯、空瓶子、旧篮子、旧藤椅等。凶手似乎是把尸体放在楼下纵火的，而且火势异常猛烈，因而腹部以下的肌肉纤维全都炭化成黑色丝线状，黏附在骨骼上，十分凄惨。此外，森栖校长是虔诚的基督教信徒，将人生奉献给教育事业，一直独身生活，自学校创立以来的三十年间始终肩负着校长的重任，从未有过任何过失，得到的表彰、嘉奖、勋章等数不胜数，是全县著名的模范校长，声名显赫。案件发生当日，校长在市内三番町的住处，听闻急报后迅速赶往现场，抢救出天皇圣像，又指挥教职工保护重要文件，全力灭火救灾，其沉着勇敢的态度被众人交口称赞。但事后却禁闭在三番町住处，谢绝任何人的访问，怏怏不乐且憔悴无比，因而凡是熟知这位校长谨慎处事之道的人，都对其深表同情。三月二十八日，同校资深女性教员虎间寅子女士拜访校长讨论教务事宜，称校长向她吐露了如下心声：

"当下案件正在调查，不便发表任何意见，但我委实感觉非常奇怪。那个废弃仓库位于校内，而下午六点后除了值班的员工和校工老夫妻外，严禁其他人出入校门，这是我特别叮嘱过的，难道有人潜入学校做那样的事情吗？我想不出有谁会对我或学校挟怨报复。当然也未必是与学校有关的人员所为，只能说案件实在离奇。我想一切都会在警方的调查下水落石出。总而言之，既然校内发生了如此离奇的案件，必然说明学校管理在某些地方存在疏漏，其责任当然在我身上，因而必须深刻反省。"

森栖校长失踪

消失的遗书
与奇怪的女性字迹信函

自从三月二十六日县立高等女子学校发生焦黑女尸案以来，禁闭在家中以示反省的著名校长森栖礼造，于新生入学典礼的前一天傍晚突然失踪。此事由同校教员虎间寅子女士为讨论校务拜访其住处时发现。曾有报道称森栖校长自焦黑女尸案以来痛苦不堪，禁闭在三番町的住处，须发蓬乱，颜色憔悴，但在案件发生一周后的三十一日晚收到不知寄自何处的女性字迹信函后，精神便似乎出现异常，诸如来到房东渡部寿美子处默默流泪并频频叩首、在二楼向往来行人一边撒尿一边大笑等，丝毫不能保持冷静，还在半夜不停大吼："是她，是她！焦尸是她！火星，火星！恶魔，恶魔！"怎么也无法阻止，令房东寿美子非常震惊。第二天，即四月一日，或许是因为过度劳累，校长终日卧床不起，也未进食。直到晚间十时许，前述虎间寅子教员来访之际，房东寿美子依然认为校长还在卧床，前去通报时才发现已经人去楼空，枕边放着一封女性字迹的长信及写给虎间女士的遗书，顿时引发骚动。县政府、警方、同校教职工全体动员搜寻校长的下落，但直至今晨依然去向不明。与此同时，由东都雕塑的朝仓星云制作，预定要设置在校内玄关处的校长纪念铜像——一具满是尘埃与铜锈的青铜半身像，却包着白布从森栖校长住处的橱柜里滚落出来，令众人大为惊讶。

县立高等女子学校陷入混乱
森栖校长发疯！

虎间教员自缢！
川村书记卷款潜逃！

焦黑女尸案余波？

（大阪电话）昨日报道的县立高等女子学校校长森栖礼造失踪后可能前往大阪一事，果然如本报推断，该校长三日（昨日）一早出现在大阪市北区中之岛附近，蓬头垢面，衣衫褴褛，逢人便胡言乱语，诸如"你认识火星之女吗""焦黑女尸来了吗""甘川歌枝在哪里""全都是骗人的""毫无依据的诽谤，全是诽谤"等。中之岛警署已将校长收容，并通知本市警察。尽管正值开学，工作极度繁忙，教务主任小早川还是搭乘十一时的火车紧急赶赴大阪。但在教务主任出发后，学校正在副主任山口的指挥下忙于开学准备工作时，打扫教职工厕所的校工发现，同校资深女教员虎间寅子（四十二岁）在厕所内自缢。众人惊愕之际，到学校调查的警察又发现，同样到校准备开学事宜、与森栖共事三十年的驼背书记川村英明（五十一岁）也不知何时消失不见。警察心生疑惑，慎重进行调查，结果意外发现保存在学校金库中，存着森栖校长铜像建设费五千余元及校友会费八百二十元的存折不翼而飞。赶去存款的劝业银行查询，得知接近正午时分，川村书记来到银行，将上述金额尽数取出，随后仓皇离去。调查进一步发现川村书记居住在市外十轩屋的妻子阿春（四十七岁）也同样整顿行装、抛弃家产，与川村书记相携失踪。由于上述事件接二连三发生，警方开始调查所有教职工，预计学校按时开学已经相当困难。此外，自缢的虎间女教员与逃亡的川村书记，平时都对森栖校长敬若神明，二人都十分关注校长的下落，得知消息后本应欣喜、安心，但在听闻校长下落时却不约而同地采取了相互矛盾的行动，可谓诡异至极，不禁令人怀疑其中是否隐藏着某个重大的秘密。此外，发疯的森栖在大阪胡言乱语时提到的甘川歌枝为该校本年度毕业生，擅长运动竞技，很早便有"火星之女"这个绰号。毕业后不久，甘川歌枝赴大阪某报社就职。森栖校长发疯后前往大阪，似乎也是为了寻找该女子的行踪。因此当局怀疑焦黑女尸案与甘川歌枝之间可能存在某种密切的关系，目前正在慎重调查。

天主教堂的十字架上发现森栖校长的帽子

与不明人物的花簪挂在一起
帽缘留有可疑的齿痕

前日已报道县立高等女子学校自三月二十六日的怪异火灾以来，连续发生焦黑女尸案、校长发疯及失踪、虎间女教员自缢身亡、川村书记卷巨款潜逃等一连串诡异事件。怪异火灾的原因尚未查明之际，学校、县政府及警方都陷入前所未有的混乱漩涡。然而，最近在森栖校长经常去做礼拜的天主教堂中又发生了一件出人意料的怪事，令相关人员陷入更大的混乱。五日（今日）上午十时许，位于市内海岸大道二丁目四十一番地的天主教堂内，正和平日一样为信徒召开祈祷会做准备。礼拜堂大门开启后，有人发现设置在祭坛中央的银色十字架上，竟然挂着一顶陌生的黑色圆顶礼帽，还有一枚闪闪发光的红色银质小米樱垂绦花簪。众人大惊之余取下来仔细查看，从该圆顶礼帽内侧的署名得知，那是该教会的虔诚信徒森栖校长之物。由于不清楚花簪的主人是谁，因而连同礼帽一并由附近的派出所交给警署。警方正值紧张之际，很难置之不理，于是立即赶往教堂，禁止参会者出入，展开严密调查，但在教会和礼拜堂中均未发现任何可疑之处。当日最早（九时许）来到教堂的某女信徒坚称自己并非第一个走到祭坛旁的人，警方只得空手而归。但在将那顶礼帽带回警署详细调查后发现，前缘处有明显的门牙与犬牙的咬痕。而且经专家确认，那是极为强健的少年齿型，这又引发了新的混乱。如果这名入侵教堂的奇怪少年，与县立高等女子学校的怪异火灾及之后一系列怪事有关联，那就意味着，自虎间女教员自缢、川村驼背书记潜逃以来，怀疑前述系列案件的幕后黑手是这两位的论断，至此便失去了依据。无论如何，真相的考察几近完全不可能，相关人员再次坠入五里雾中。

意外！焦黑女尸案的凶手是县督学的千金？！

与其母同时失踪
其父督学决定承担责任

自昨日报道的市内海岸大道天主教堂帽子花簪案发生以来，警方似乎已经获得此前焦黑女尸案的有力线索。当时警方对最早进入教堂的少女，即殿宫爱子，在教堂的房间里进行了缜密的审讯，当日下午三时许，允许殿宫爱子暂时回家。该少女却大胆地逃过了重重监视，与重病卧床的母亲一同消失，只留下一封宛如遗书的信件，收件人为其父殿宫爱四郎。关于此项重大疏忽，警方不知为何三缄其口，不做丝毫评论，而且也不见采取任何搜查行动，令人感觉匪夷所思。众所周知，该少女的父亲殿宫爱四郎是本县的督学官，也是身居当今中央政界要职的大勋位公爵殿宫忠纯老元帅的嫡孙。面对意外的悲剧，殿宫爱四郎在悲叹不已的同时，鉴于该信件内容的重要性，为维护家门名誉而决定引咎辞职。他对来访的记者如此说道：

"我非常抱歉。但如果说小女会犯下杀人放火的罪行，我无论如何也不敢相信。就读县立高等女子学校期间，小女爱子与'火星之女'甘川歌枝曾是亲密无间的好友之事，我也是直到现在才知晓。至于两人之间是否具有爱恨情仇等难以告人之事，我同样震惊不已，毫无头绪。此事既有当局的提醒，又为小女将来的幸福考虑，还请尽量保密，不要对社会公布，各位听过便罢。……至于为何带着母亲离家出走，目前原因也不清楚。我和妻子原本一直平静地生活在一起，彼此没有任何秘密，她们突然出乎意料地抛弃了我，实在让我不知如何是好。不过妻子留美与小女爱子都有一定的存款，当下的生活应该不会困顿。她们去了哪里，我毫无头绪。当然，我在考虑引咎辞职，只是在正式公布之前，还请诸位对本次谈话的内容保密。"

此外，其女爱子的信件内容如下：

致父亲

父亲，感谢您一直以来的照顾。爱子与母亲不想给父亲带来更多的麻烦，并且不愿令母亲更加悲伤，以致病情加重，因而于今日向您道别。对您多年来的养育之恩谨致谢意。

母校发生的所有事情，都是我未能尽到责任所致。被烧死的人是甘川歌枝，我可以保证她是自杀。如果我能早些发现甘川歌枝的自杀决心，这一连串的事情应该一件都不会发生,实在令我无比后悔。此外,今日将森栖校长的帽子和某个舞伎的花簪挂到十字架上的人,确实是我,此事连同原因都已向警方坦白。警方还询问了许多关于父亲的事,颇有出乎意料之处,因为我一无所知,所以未曾作答。警方似乎通过自杀的甘川歌枝的遗书,对父亲另一面的生活颇为了解,因而我在此处附上一句,供您参考。

不过,我绝不会自杀。我离家出走,只是为了寻一处安静之地照顾母亲,直到母亲痊愈,因而请千万不要寻找我与母亲的去向……我为什么采取如此奇怪的行动,也请您千万千万不要探寻。因为唯有如此,才能保证父亲与我的幸福……

请多多保重身体……

爱子 敬上

顺带说明,就读县立高等女子学校期间,殿宫爱子是被称为校花的美女,且成绩优异,素有才女之名。

*

致 森栖校长
火星之女 敬上

我高兴得不得了,因为终于可以向校长复仇了……
如果我真是"火星之女",也许会开心得飞到天上去呢。
我的尸体被发现时,大概已经烧成焦炭,谁也认不出来了吧?

新闻也会大肆报道吧？

我已经拜托了我的朋友。

"这封信是我在二十四日下午开始写的，一周后的三十一日傍晚，帮我把这封信用快递发到校长先生住处。"

此外，为了避免校长先生看到我的焦黑尸体，并且读了这封信之后依然毫无反省之意，装出一无所知的模样敷衍搪塞，我还请朋友将另一封信寄往警署。如果就连这样都无法将真相公之于世，那些与校长先生互相勾结的恬不知耻的诸位，想要与校长先生一起将这些事情埋葬在黑暗里的话，我还有一封信，里面写了各位的关系，以及相关的新闻报道，还附上了本信的另一个副本。我的朋友会多等一段时间，但终究还是会将它交给某个方面发表。与我的焦黑尸体脱不开关系的校长先生，该如何使您承担责任，我有清晰明确的计划。我的那位朋友也是头脑敏锐、行动坚决的人，绝不至于让这最后的手段付诸东流。

我不希望自己的一生白白化作焦黑的尸体。

我将"火星之女的焦尸"当作一剂良药，逐一献给与校长先生同样腐败、堕落、自私自利的现代男性。现下既然流行焦尸[①]，应当不至于无效。

——火星之女的焦尸——

这岂不是无比珍贵的药材吗？说不定比埃及木乃伊的碎片还珍贵呢！

服用后感觉如何？

想必是清新爽快、通体舒畅吧！

[①] 指壁虎焦尸，江户时期一度流行，人们认为有滋补壮阳的效果。

哈哈哈哈！哈哈哈哈……

至于帮助我——化作焦尸的"火星之女"执行复仇计划的好友是谁，请您最好不要深究。即使判明了我那好友的身份，您也只能束手无策，只会徒增惊恐而已。

那位朋友并不像我这样因为偶然的遭遇而怨恨校长先生。她默默侍奉着因肺病卧床的亲生母亲，以及在校长先生的诱惑下纵情放荡的继父。为了避免那些事情传扬到世间，连女佣都没有请，心甘情愿地操持家务，可谓是世上罕有的孝顺女儿。与此同时，她一直在努力寻找那个让她母亲陷入那般命运的恶魔。所以当她从我这里听说了恶魔的名字时，当即就想为母亲报仇。但为了劝谏继父停止私下的放纵，才无条件接受了我的委托。

换言之，为了抚慰她母亲的心，那位朋友无法对校长先生采取断然手段，因而便由我代替她成为焦尸。事情的原委便是如此，您明白了吗？我为什么化作焦尸……

但是不。即使我们俩一同化作焦尸，也无法消除我们对校长先生的怨恨。

您明白了吗？协助我如此复仇的朋友，究竟是哪一位？

极其自负的校长先生也许依然坚信自己的智慧。也许您还没有意识到那位朋友对您的恨意有多深，不过在读这封信的期间，您慢慢会明白的。

我再强调一遍。校长先生，您只有默默接受焦尸少女的复仇，别无他法。请将之视为无形正义的制裁，按照焦尸少女的要求，坦率公布自己的罪行，悄然从社会上消失。请您务必深刻认识到这是唯一的选择。

至于写下这封书信的我，焦尸少女的真实身份，您应该已经察觉到了吧？您是否在惊恐地猜测，那个爱哭、胆小的"火星之女"，为什么会做出如此可怕而荒谬的事呢？

森栖校长先生……

先生是我的恩师，是男性长辈。自从夫人和孩子早早离世，便成了虔诚的基督教信徒，将一生奉献给教育事业，非常可敬。先生被全社会视为教育家楷模，屡受表彰，是一位了不起的人物。

也许有人认为，既然是这样的人物，无论他对自己如何迫害，都不应该对他复仇。

然而，森栖先生……

我是"火星之女"。这还是先生给我起的名字。我和一般的女人不同，所以我决心做一件足以震惊世人的事，毅然反抗人类世界的男性暴行，反抗唯有男性不会受到惩罚的卑鄙行径……这是为女性而发动的五·一五事变[①]，让女性认识到这个世界并不只是男性的世界。

特别是像先生这样卑鄙的男性代表，竟然会成为模范教育家，教导近千名年轻的女性，这对我这个出生于日本的女性而言，实在是无法忍受。

我是怎样成长的、具有怎样的思想，校长先生知道吗？为什么校长先生只是伸手轻轻摸了摸我，我就不得不变成焦尸来诅咒校长先生呢？但即使校长先生听过我的悲惨命运，又真的会有发自内心的惊讶吗？像校长先生这样的人——只会遵循仅对男性有利的道德观念与常识的日本男性，难道会理解"火星之女"的使命吗？

[①] 昭和七年（1932年）5月15日，日本海军少壮派军人闯入总理大臣官邸刺杀内阁总理大臣犬养毅的暴乱事件。

但我还是有必要做出解释。否则我的行为只会被蔑视为临时起意的感情宣泄，无聊又无意义。我必须在这封信中证明，我的焦黑尸体的诅咒有多认真。我们的怨恨，是对校长先生无比残暴之行径的反抗。

为了"火星之女"的名誉……

也是为了焦尸少女的誓言……

我从小就被喊作"竹竿"。我的继母生了两个和我同父异母的妹妹，她们俩的身高都和普通女性差不多，唯有我个头很高，委实奇怪。听父亲说，我出生时只有六百钱[①] 重，比一般的婴儿还小，像早产儿一样虚弱，但到了五六岁的时候就开始快速长个子。刚进小学时，有个留着卓别林式胡子的老师看到我，不禁笑道："哎呀，这么高呀……"

我虽然还是孩子，但从那个老师的笑脸中感受到某种耻辱。我想那是我第一次感受到自身的耻辱。

从那以后，在各种意义上，我不断感受到这样的耻辱。

那所小学的校长先生在第一次看到我的时候也是一样的，不过还是露出了怜悯般的笑，并且马上记住了我的名字。后来，刚好来学校视察的督学官也是一下子记住了我的名字。但我并不认为那仅仅是因为我除了作文、习字、画画和体操之外，其他成绩都是年级最后一名。

我的名字很快就在全校学生中传开了。

---

① 古代重量单位，1 钱约为 3.75 克。

"甘川竹竿，竹竿歌枝，梳理头发，要架竹梯。"

高年级男生远远地取笑我。我是个胆小的家伙，一开始哭着不肯去学校，不过后来慢慢也就习惯了，不管别人怎么嘲笑我，我都只是落寞地一笑置之。

我最受欢迎的时候是开运动会时。

大概从二年级开始，我就比速度最快的六年级男生跑得还快，所以我的照片甚至连同"后生可畏"这个标题一起上过报纸。在盛夏阳光中拍下的是我紧皱眉头的照片，显得十分奇怪，连我的父母都捧腹大笑，所以我对着镜子偷偷哭了好几天。不过就算说起那时候的可怜，大约也没人会同情我，只会再一次捧腹大笑而已。

在我还不太懂事的时候就已经知道，丑陋而瘦高的我，生来就是被人嘲笑的对象。

我之所以从小学六年级开始沉迷于新体诗和小说，恐怕就是因为积累了太多那样的悲伤和落寞。换句话说，我是托了大家的福，才成为一个早熟、落寞与孤独的文学少女吧。

进入县立高等女子学校后，我没有再受到那样露骨的侮辱。然而却有更严重的羞辱和厌恶等待着我。

除了同学中与我完全相反、最美丽、最具能力的唯一一位之外，无论老师还是同学，全都没有对我说过一句亲切的话。所有人都像在怪异地疏远我，带着奇怪而冰冷的笑容审视我。在那些为了自身的美貌与学业而全力以赴的人眼中，我大约就是一个劣等的残废吧。和我说话仿佛是一种耻辱，但只要轮到网球、排球、赛跑之类的对抗性运动，老师、同学，甚至是高年级的学生，都会聚集到我周围，对我大加奉承。她们待我如同敬神，送来许多鸡蛋、水果来博取我的欢心，拉我出场参加比赛，也不管我是不是愿意。她们丝毫没有意识到我耻于这竹竿般的丑陋身姿，只会一次又一次地对我强调"你是全校的光荣"。

然而到了比赛结束的第二天，便没有任何一个人会再看我一眼。她们如潮水般远远退去，仿佛忘记了我也是学生中的一员。

在我和其他学校的选手战斗时，当我压制住对手或者甩开对手的时候，老师和同学们鼓掌拍手、欣喜若狂。但在她们的声音中，我也感觉到难以忍受的侮辱。我在厕所里偷偷听到低年级的学生有过这样一番对话：

"'火星之女'真厉害啊。"

"啊，你在说谁啊？'火星之女'？"

"哎呀，你不知道吗？就是甘川歌枝啊。她是火星来的女人，所以世界上没有一个运动员能赢她。这是校长先生说的。所以现在大家都开始叫她'火星之女'。"

"哎呀，校长先生可真过分……但这个外号确实很妙。把甘川那种怪里怪气的感觉都表现出来了。"

尽管如此，懦弱的我每年还是会在欺骗或奉承中被多次推出去参加比赛……即使内心感受着冰冷的空虚……

距离学校操场很远的地方，有个被高高的防火墙包围起来的角落，里面有一座用来做仓库的废弃小楼。据说那本来是学校的礼仪教室，但现在墙壁和瓦片都已经剥落，里面野草丛生，柱子和台阶都被白蚁蛀了，榻榻米也像陷阱一样凹陷下去。

课间休息的时候，我经常躲到厕所背面箭术道场的木板围栏后，爬上那栋废屋的二楼，躺在那里的破烂藤条安乐椅上，透过只剩上半截的百叶窗，凝望防火墙上面的湛蓝天空。那是我的一大乐趣。

我逐渐习惯于对比横亘在自己内心深处的无比巨大、冰冷的空虚，以及在那蓝天之外的无限空虚，思考各种各样的事情。起初，那是因为我不想将自己残疾般的高瘦身影暴露在运动场上，后来则渐渐变成了不能告诉任何人的我的秘密乐趣。

我越来越强烈地感觉到，我内心最深处的空虚，与蓝天最外面的空虚，完全是同一事物。并且我开始觉得，所谓死，似乎没什么大不了的。

我逐渐感觉到，我的生命是在宇宙中流动的巨大虚无，除了时间与空间之外什么都没有。我清晰地意识到，我出生的故乡一定是在那广袤天空之外的没有声音也没有气味的世界。

无数人在那时间与空间的无比巨大的虚无中飞翔、跳跃、哭泣、欢笑。同窗的少女们随意传阅着杂志、书籍、活动海报之类的东西，憧憬着美丽的化妆技术、编织技巧，或者各种浪漫的梦想，就像聚集在甜食上的蚂蚁，又像探寻花蜜的蝴蝶，幸福……快乐……

在我看来，那些东西都渐渐变得没有任何意义。我心中的虚无之流、宇宙的虚无之流，渐渐融合在一起，于是从放学到日暮的时间，我便躺在那废屋的破藤椅上，舒展身体，用莫名流出的寂寞泪水安慰自己。那是比其他一切都让我快乐的事。

然而我这种秘密的乐趣，很快便遭受了严重的阻碍。

那座快要腐朽、即将倒塌、充斥着各种垃圾、到处都是白蚁和灰尘的废屋，在很久以前便成了校长各色卑鄙行径的巢穴，恰如那耸立在海岸大道的方形红砖天主教堂是校长各色美德的家园一般。校长先生在所有方面都保持着模范教育家的体面，在背后却对金钱与女性施展无法想象的罪恶手段。为此，那座废屋必须存在——所以校长先生无论如何也不愿拆掉那座废屋。即使警方屡次劝说"稻草房顶很容易发生火灾",校长先生依然以没有仓库的建设费用而回绝,长期以来很令县政府困扰。

我做梦也没想到,自己竟然会蠢到每天来这个罪孽深重的罪恶巢穴修身养性。没过多久,我那破烂不堪的藤椅下面便传来了恶魔的振翅声。那恶魔的翅膀无情地拍打着我,残酷地将我推入无可逃脱的人间地狱,推入即使化作这样的焦尸也无法清算的折磨中……

那翅膀的主人,一位是如同黑熊般浑身长满黑毛的校长先生,一位是须发皆白的驼背川村书记,还有一位则是后来的虎间寅子老师——如同约克夏猪一样丑陋的胖子,我们的英语老师……这三个人就是隐人耳目盘踞在那废屋中的恶魔。

校长先生和驼背的川村书记做梦也想不到,我会把那废屋的二楼当作自己重要的冥想道场。每当学期将尽,他们便会在放学后悄悄从教职工厕所旁边的美人蕉树荫中,沿着禁止通行的箭术道场木围栏,肩并肩悄悄进来,然后就坐在我所躺的藤椅正下方的八畳榻榻米上,商讨各项事务。如果校长和书记总是留在校内密谈,加班老师和值班人员未免会感到奇怪,而在校外商谈也难免引来世人的目光。对深知教育家身份有多敏感的校长先生而言,那座废屋当然是最方便的密谈场所。

与二楼不同的是,一楼的玻璃门和窗户虽然破了,但毕竟是双层的,就算讲话声音稍大一些,也不至于传到外面。然而另一方面,即便是低声细语,也会传到在二楼屏息静气的我的耳朵里。两位商讨的内容大抵都与校友会费有关,他们研究的都是如何做假账蒙混过关。

我听到他们说学校的三角钢琴,账目上写的价格是三千五百元,实际上是五百元的二手货。我也得知毕业生捐赠的礼仪教室及内部陈设，表面上的花费是一万两千元，实际上只花了七千几百元。此外我还听到，校长先生挪用校友会费，以川村书记弟弟的名义做现货交易，赚了一大笔，与驼背的川村书记平分。

后来我还听到，为了解决那笔现货变现的问题，校长先生向川村书记透露了预先准备好的绝妙赚钱法。

当然，那是校长先生在川村书记的逼迫下才吐露的。很早以前，校长先生便说服了教授五年级学生英语的虎间寅子老师，提议建设校长先生的铜像。虎间寅子老师是热忱的基督教信徒，无比崇拜校长先生的人格。于是在全体教职工的赞成下，向分散在全国各地的毕业生，及在校生的家庭募集捐款，得到热烈的反响，很快川村书记便收到了五千多元的款项。

因而众人希望一鼓作气建成校长先生的铜像，但校长先生不知何故似乎非常讨厌竖立铜像，他异常坚决地说："我有半身像就足够了。我配不上全身铜像，立铜像太过分了。"这让夹在中间的川村书记非常为难。

但是我听到了校长先生讨厌立铜像的真正缘由。这也让我明白世上竟有如此可笑的内幕。

原来校长先生的半身像，早在两三年前就已完成，裹着白布收在校长先生住处的壁橱里，满是尘埃和铜锈。半身像背部下方清清楚楚雕刻着朝仓星云的名字。他是日本最著名的雕塑家，目前担任帝室技艺员与帝展审查员。

机智的川村书记当然想搞清楚问题出在哪里。他找时间悄悄上京拜会朝仓星云先生，询问那雕像的由来，全然不知情的星云先生如此答道：

"啊，那件作品吗？那是我为了向森栖先生谢恩而做的。之前……大约是三年前吧，森栖先生从某处温泉寄来书信，说有工作委托，于是我匆匆赶去，原来是委托我制作他的胸像。森栖先生是我的舅舅，是资助我直到中学毕业的大恩人，我怎么会拒绝呢？于是我马上就在那温泉附近的烧砖场找来理想的黏土，用了一周时间制成胸像，又把药店里的石膏全买下来，带回东京，亲自监督铸造。我没有送成品去参加任何展会，直接送到了森栖先生处……原来还没有建起来啊？啊，这样啊？不不不，抱歉，我没有收过分毫谢礼。森栖先生这样德高望重的人物，能给我一个机会将他的形象留在故乡，这是求之不得的光荣。假如日后要在校园里安放，不论地基工程还是台座工事，但凡有用得到我的地方，请随时吩咐，不必客气。我会自己承担费用，绝不给学校添麻烦。栏杆、植栽之类的设计，我也会尽量以最经济的方式安排。毕竟若是交给一般工人，未必能妥善安置铜像，说不定还有损毁之虞……"

这是驼背的川村书记模仿星云先生所说的一番话，我这里也是模仿他的语气照搬过来。却说川村书记听了这一番话，更加叹服校长先生的手腕。然而由于捐款多到出乎意料，导致原本计划的铜像变成了立像，这反而让校长先生不知如何是好。川村书记决定助他一臂之力。

"近年来，关于请一位手艺不错的师傅建造铜像的行情，如果是胸像，大约要花费五千到一万元；如果是立像，预计需要两三万元的样子。由此看来，哪怕只建胸像，这些捐款也还远远不够……"

川村书记悄悄四下散布这样的说法，终于压住了建造立像的提议。两个人商议就用已经完成的胸像顶替，募集到的五千几百元捐款由两人平分。由此校长先生终于放下心来。最后川村书记在那废屋中如此说道：

"三月二十二日是本届毕业生的谢恩会。到时候会让优秀学生代表将捐款献给你，然后还要麻烦你说把那些钱交给我保管，铜像建设的一应事务都由川村书记负责。然后我出面汇报，说著名的朝仓星云先生恰好是同乡，所以决定请他出手。朝仓星云先生也欣然允诺，应当很快就能完成。这时候大家必然热烈鼓掌。这些细节就由我来处理吧。"

然而我在那废屋中听到的对话，并非总是如此融洽。有时候他们俩也会争执不休，而且还不止一两次，让我逐渐知道了学校里的各种秘密。不过，最后总是校长做出退让，两个人和好如初。

"好吧好吧，我知道了。归根结底，账目交给你负责，我不说话……不，我知道，我知道……咱们不争了，去找个地方消遣吧。那家温泉旅馆的三楼，没人会发现，怎么样……"

"哎呀，今天太晚了，找个附近的地方吧。"

"叫出租车过去，又没关系。附近的地方说不定会遇到熟人，温泉旅馆的三楼才好。那里才是可以尽情享乐的好地方，知事和督学也经常悄悄过去玩。那里是咱们新发现的。你把那个艺伎带上。"

"啊，那么奢侈的地方吗？"

"奢不奢侈不要说，总之是南洋式的豪华版享受。我来请客，你记得把那个女人带上。"

"啊哈哈，那我就不客气了。"

"她很有趣，挺特别的。今天晚上我也带个更年轻的过去。"

不知道为什么，这些对话一直很不可思议地留在我的耳朵深处。从诸如此类的对话综合考虑，校长先生是在利用自己的名誉和地位，将学校当成赚钱的工具，然后用那些钱呼朋唤友，在某处秘密场所享乐挥霍。

但我丝毫不觉得惊讶。

虽然我是容易落泪的软弱女子，但听到那些可怕而轻佻的对话却感觉异常有趣。那些对话让我抑制不住自己的好奇心，好几次在放学后搭乘前往温泉的火车，去看那座温泉旅馆。我想看看究竟有哪些人会去那里，又会在那里做些什么。了解那些事情，给了我很重要的见识。也就是说，随着我逐渐了解这个社会原来就是那么轻佻，在我心中不断扩张的虚无之流也开始变得犹如明镜般清澈。

对于这个社会，我开始变得无比坚强。不管面对怎样的嘲笑和轻蔑，我都能平静地微笑以对。我逐渐认识到，世上的人，乃至整个地球上的所有人，都只是依附在巨大虚无中的虫豸而已。并且我逐渐生出一种感觉，既然都是些在虚无中随意作恶的虫豸，那我随意将之碾碎也无妨。做个新闻女记者或许会很有趣……在那段时期，我心中尽是诸如此类的幻想。

满脑子只想着虚无的女性，恐怕是毫无女性价值的女性吧？同学给我取了"火星之女""男人婆"之类的外号。不知为什么，每次看到我，她们都会叹息不已，像是看见了什么可怕可悲的东西。她们为自己没有长成我这样的女生而安心，殊不知其实并无不同。

我的父母每次看到我的时候也会叹气。他们看我的眼神中丝毫没有身为父母的慈爱。我对此十分清楚，清楚得过分。

我永远也不会忘记，今年三月十七日，也就是毕业典礼结束的那天下午，我回到家，正在把校服换成常服时，无意间听到了父母在客厅里的对话。

"得想个办法把她处理掉，不然两个妹妹都嫁不出去。"

"是啊，哪怕生场大病，甚至死了都好，可惜从来没生过病啊……"

"啊哈哈，是够讨厌的，不过残疾归残疾，应该还有别的用处……"

哪个男人能够理解，听到这番对话时，我心中有怎样的感觉？

哪个男人能够理解，尽管我想做一个坚强面对世界的女性，但内心还是对一切爱意与亲情都怀着灼热的执着，然而当我清晰地意识到，连人世间最后的爱也离我而去的时候，我心中会如何不堪？

哪个男人能够理解，哪怕我心中明白，那对话中满含的冷漠与嫌恶只不过是父母爱意的变形而已，但也暗示了我除了自杀已然无路可走的立场，我心中又会如何悲伤？

哪个男人能够理解，我不可能永远做一个"火星之女"，所以终究只能面临穷途末路？

究竟有哪个男人能够理解，软弱到连自杀都不敢的女性，心中究竟藏着怎样的苦痛与悲哀？

在这广袤无垠的虚空中，没有我的容身之处。

偷听了父母的那番对话，傍晚时分我吃过晚饭，便借口说要和朋友一起去看电影，瞒着妹妹们溜出家门。我穿的是母亲买给我的以前从未穿过的裕衣，那衣服用的是铭仙[①] 布料，花纹图案无比奢华。我从学校后门旁边空地上的白杨树背后翻过水泥墙，跳到学校厕所后面。这点儿小事对我来说毫无难度。

我很久没有来过这座废屋。我在二楼的藤椅上慢慢坐下，眺望那令人怀念的寂寞夜空，漫无边际地回想寂静而虚无的回忆，却听

---

① 日本传统丝绸织物，在大正及昭和年间普遍用于女性日常衣物。

到了毡料草履的脚步声，在这空无一人、唯有星光的空荡荡的昏暗校园中走向这座废屋。然后，脚步声的主人悄悄踏进了楼下土间的黑暗中。

那黑暗中突然伸出一双毛茸茸的男性手臂，紧紧地抱住了我，随后对我讲出我未曾预料，也是有生以来第一次听到的绵绵情话。

"你来了，我太感激了。你真的来了。能够拯救我这个可怜独身老人的，只有你。没有你，我根本活不下去。请可怜可怜我这个独身的寂寞教育家，好吗……我们都明白独身一人的寂寞，对不对……对不对……"

那声音……那些情话……当我意识到说话的正是校长先生的时候，我的震惊无以言表。

我的身体和心跳一起变成了石头。

校长先生为什么知道我会来这里？刚想到这个问题，刹那间我又想起，从教师办公室最左边的窗户可以清楚看到后门的动静。大概是校长先生有事来到教师办公室，碰巧看到了我的身影。不知道他是不是从箭术道场的木围栏后面绕过来的。这些想法一时间在我脑海中纷繁搅动，令我混乱不堪。我原本就心肠软弱，即使在那样的情况下，我也本能地努力对校长先生的行为进行善意的解释，因而不仅没有从先生的话语中感觉到丝毫不自然，更因为我天生的懦弱而不敢做出忤逆的举动，只能在黑暗中被他紧紧抱住，全身僵硬，低头不语。

啊，胆怯的我……那时候我很害怕，我知道只要自己稍微发出一点儿声音，那么久负盛名的校长先生，一切名誉和地位都会化为乌有，因而在这样的恐惧中动弹不得。

啊，可怜的我……校长先生的那一句"我们都明白独身一人的寂寞"，深深打动了我。我心中满怀悲戚，像是被困在怎么也无法逃脱的命运中。

啊，愚蠢的我……失策的我……校长先生并不是外界认为的圣人。他和另一个女人相约在此，他将我误认为那个女人。然而不知什么缘故，我当时丝毫没有想到。大约是我心底还残留着的尊敬，不容许我怀疑校长先生吧。

啊，肤浅的我……我明明知道校长先生在金钱方面的诸多丑事，却深以为他在女性方面清白无瑕。哪怕在那时候，我也深深相信，无论发生多么荒唐的事，校长先生终究会为已故的夫人坚守男性的节操。这位与圣人相仿的校长先生，竟怀有这样的秘密烦恼，令我感到十分同情。他向我坦白这样的秘密，委实令我惶惑不安。我在这样的胡思乱想中不知究竟如何是好，唯有哭泣不已。不过当诸多悲伤回忆在我脑海中翻滚盘旋时，我依然紧贴在校长先生的胸膛上。

不知不觉间，时间飞逝而过。

啊，那是多么可悲、多么肤浅的一场春梦啊！

没过多久，那位正主便来了，是虎间寅子老师——那位被我们私下偷偷喊作肥婆的资深英语教师。她会如何粗暴地对待我？我在一片漆黑中使出浑身的力气挣开虎间老师，终于逃出了废屋。

我先跳到水泥墙外，随即又立刻悄悄潜回箭术道场，将耳朵贴到那栋废屋侧面小门的缝隙上，仔细听他们的争吵。

那时的校长先生不知道有多狼狈。虽然看不到他脸上的神情，但估计应该是惊慌失措的样子吧。等我的眼睛逐渐适应了黑暗，我悄悄往里看，只见校长先生宛如运动会上纸糊的达摩人偶，跪坐在盛气凌人的虎间老师面前，双手撑地，叩头不已，用哽咽的声音不停谢罪。

"不，你可别说自己弄错了。你不止一个女人。你用这种手段骗过不知道多少女人。我什么都知道。你找成绩差的学生，说可以提高她们的分数，以此向学生或者她们的母亲提出一些要求。这些事情我很清楚。你拿出来卖的就是你口袋里的全校学生考试题。有哪些学生和她们的母亲去过你住处的二楼，名字都记在我的本子上。你住处的房东太太为什么对这些事情守口如瓶，原因我也早就知道了，呵呵呵……

"不仅如此，现在五年级的优秀学生殿宫爱子同学，其实是你的孩子吧？不，你瞒不了。我每天都能看到她那副相貌，完全一清二楚。孟德尔定律很可怕。女儿长得像父亲，儿子长得像母亲。仔细看，她完全就是你的翻版。你欺骗懦弱的舞坂留子，把她玩到怀孕才让她毕业，又做媒配给那个好色的殿宫小公爵，然后带着那个殿宫少爷花天酒地，让那个天使般温柔、谨守妇人之道的殿宫夫人深陷在重重的痛苦苛责中，你反而将之当作一种秘密的乐趣……不，你就是那种人。你深知自己丧尽天良，也知道自己具有双重人格，你却以此为乐、为此自豪，你根本就是一个具有变态嗜好的极端个人主义者。

"知道这件事的，目前只有我和舞坂留子，也就是现在的殿宫夫人。就连爱子自己也不知道。她还是把你当作人格高尚的校长来尊敬。舞坂留子的苦心与顾虑，你可知道？我和舞坂早在上寄宿学校的时候就是亲密好友。你让我最珍爱的舞坂整日以泪洗面，我怎么可能不知道呢？所以我从那时候开始就关注你的生活，煞费苦心寻找机会接近你。你现在明白了吗？女人的坚持是很可怕的，哈哈哈……

"不不不，我有什么理由保持沉默？我和一般软弱无力的日本女性可不一样。我一旦下定决心，就一定能坚持到最后。不是我自夸，我可是一个人把两个男孩子拉扯大的女人。什么事情我不知道？二十年前，你抱着那位天使般美丽的舞坂时说的情话，我当然能找到地方公布出来。'请怜悯我这个寂寞的单身汉'，哈哈哈哈……"

也许是因为太过心烦意乱，接下来的对话我不太记得了。总之经过校长先生的奋力辩解，终于让虎间老师接受了他弄错人的原因，然后以奏任待遇① 及加薪为条件，让虎间老师同意原谅校长先生的过错，两人达成了共识。

随后两人似乎开始悄声讨论如何堵住我的嘴。在咯咯的笑声中断断续续地传来"大阪""废物利用"之类的词，不过大部分对话都听不真切。我一向认为自己不是那种会把别人的事情到处传扬的人，因而心中颇感沉痛。最后，我听到他们如下的交谈内容：

"这样就可以了吧，森栖校长？万一您忘记奏任待遇和加薪的约定，那可是要吃大苦头的。今年春天，我的两个儿子刚刚从大学和专业学校毕业，我还存了足够下半辈子开销的钱，随便别人怎么说都不怕。只不过还想挣些钱供两个儿子结婚，还有我的养老钱……总之什么时候我都敢往外说，您可明白，森栖校长？"

"明白明白，我绝对不会忘记。我记得很清楚。就不劳您担心这个意外的错误了。"

"话说回来，那个女生为什么会跑到这里来？长得那么丑……"

听到这里，我悄悄离开了侧门，从箭术道场后面的防火墙旁边来到外面，又在后门外的公共厕所里仔细整理了头发和脸庞，然后

---

① 明治四年（1871年）日本政府将官员分为十五等，七等以上为奏任，八等以下为判任。明治十四年又规定，仅有校长和一等教师享受奏任待遇。

偷偷回到家里。

那天晚上,我的脑子就像刮了龙卷风一样翻腾不已,无法控制。我的双手死死攥在一起,紧紧抱在胸前,直到天明。就算是被宣判死刑的人,恐怕也不会像我这样恐惧黎明到来。

第二天早上,我发现自己浑身沉重,就像激烈训练后想要呕吐时的感觉。窗外的阳光怪异地发黄,想起床时觉得目眩难忍,有生以来第一次在床上躺了一整天。大约是因为精神受到了强烈打击吧。我告诉父母自己可能感冒了,到了傍晚,父母请来一位年轻的医生,说是住在附近的大学副教授,然而并没有查出有什么不好的地方,也没有发烧,脉搏也没有变化。医生觉得很奇怪,频频侧首沉思,然后从我左手取了一点儿血回去了。那时候我的头脑昏昏沉沉的,万万想不到那点儿血会让我与校长先生陷入万劫不复之地。

下一天的再下一天的早晨,也就是事发之后第四天的早晨,我终于能够以接近平日的平静心情醒来。那大约要归功于前一天晚上年轻医生给我的安眠药吧。我穿着睡衣走到院子里,慢慢抬起头,仰望桉树树梢上闪耀的湛蓝天空。

然而,那时我心中满是悲伤……

校长先生,无论他人怎么说,我终究是个女人。

我明知道那是错误的、不道德的,却怎样都无法怨恨校长先生。更重要的是,校长在不得不做出那种不道德的可憎之事时表现出的软弱、卑怯,恰恰令那时的我感觉无比心痛。像我这样的女人,不是正应该挽救那样悲痛、寂寞的校长先生,哪怕是以那种禁忌的方法也应当劝他回归正确与光明的道路吗?那难道不正是我与生俱来的命运吗?当校长对我说"救救我这个可怜的寂寞老人"时,我无法不相信那是校长先生发自内心的话语。即使那是弄错了对象才对我说的……

不知不觉中，我已经变得不再虚无。多亏了校长先生，女性的纯情开始在我心中觉醒。

我实在是太蠢了……

"想去大阪吗？"

父亲找我商量这件事，是在早饭前的客厅里。一向对我的事情十分冷淡的继母，似乎也对这件事很感兴趣，兴致勃勃地坐到我旁边的椅子上。

历来节俭的父亲罕见地抽着金嘴香烟，用一种不同以往的语气笑嘻嘻地说："你说过自己想做新闻记者，对吧？"

"嗯，我想过当记者。"

"摄影也不讨厌，对吧？"

"嗯，很喜欢。"

父亲明知道我给各种报纸、杂志投过稿，也参加过摄影沙龙，为什么还这么郑重其事地问呢？我感觉有点儿奇怪。

"所以我觉得正好啊。大阪的报社需要一个女性体育记者，听说工作内容是走访女子学校的体育部，采访、拍照什么的。昨天森栖校长专程到我单位（林务所）来，说只要你同意，他就会帮你推荐。听说以后还有机会出国，这么好的机会可是很难得的。月薪一百，年终还有三个月的奖金。校长先生说，如果你愿意，他就给大阪打电话，估计马上就能让你过去……"

那时候我没想到自己能够那么冷静。实际上，比起三四天前发生在废屋里的事，这时候父亲告诉我的去大阪的消息才真正令我感到崩溃。

我从未像那时候一样强烈感觉到自己遭受的背叛。校长先生要把我送去大阪……这让我陷入绝望的悲伤中。

"请让我想一想。"

单单说出这一句，我的泪水便打湿了衣襟。不知为什么，我开始抽泣。

看到这一幕，父亲从椅子上站起来，朝我走近一步，说：

"这可是个很难得的机会啊……这个世道，就连大学毕业的男学士也只有二三十块钱的月薪，这还需要想什么？难道说，你有什么顾虑，不能去大阪吗？"

我从没听过父亲那么严肃的声音，不禁抬起头来，却发现不只声音，父母的表情都十分严肃，脸色苍白，像审讯犯人似的凝视着我。我越发吃惊了。

但我还是没意识到发生了什么，摇着头说：

"不，没有什么特别的顾虑，只是希望给我两三天时间考虑。毕竟是一辈子的事……"

我感觉父母这时交换了一个异样的眼神，然后父亲清了清嗓子。

"嗯。那么我想问一下，你是不是有什么事瞒着我们？所以才不想去大阪？"

我的心口猛然一震，随即立刻冷静下来，若无其事地摇了摇头，叹了一口气，说："不，什么都……"

"好吧……大前天晚上你去了哪里？"

继母在旁边用冰一般寒冷而平静的声音问。

我仿佛被无声的惊雷劈中，一下子垂下了头。恐怕我的脸也变得像死人一样面无血色了吧。我的心怦怦直跳，身体像是被撕裂了似的，眼泪直落在穿着睡衣的膝盖上。

我的毁灭就是校长先生的毁灭……校长先生的毁灭就是我的毁灭……我毁灭……校长先生的毁灭……所有的毁灭……现在正在毁灭……不行，不管发生什么，都不能坐视毁灭。不能坦白。我必须和校长先生紧紧守住那个秘密，都要头朝下直勾勾栽进深邃无底的无间地狱，不管会栽到哪里……这些想法就像电风扇的扇叶一样在我头脑中疯狂旋转，在我全身循环的血液都化作泪水，一层层涌进我的眼睛，又滴滴答答地掉落下去。我的心脏与肺脏也在无边无际的虚空中交替着疯狂的搏动，那种恐惧让我连一丝声音都发不出来。

我听到父亲那尖利而清晰的声音。

"你瞒不住的。前天医生取了你的血清，回到大学做了检查，发现你已经不是处女了。"

身边的继母长叹了一口气。那是比陌生人更加陌生的叹息……

"前天来给你看病的医生，就是昨天也来过的那位，是著名的医学博士，曾经去奥地利做过这方面的研究。你找什么借口都没用。科学方面的确凿证据，清清楚楚摆在我面前……"

多么可怕的科学之力……

我的身体已经不再纯洁，连我自己都以为只是一场梦的刹那之事，却能通过小小的一滴血检测出来……

多么残酷的科学审判……

我瘫倒在绒毯上，在父母脚边痛哭流涕。

我走投无路了……

父亲逼我说出对方是谁。父母都流下眼泪，说他们绝不会做过分的事，一定会和我一起解决。他们还说都怪他们没有及时发现，让人对我做出这种事情，不管对方是谁，我都可以放心地告诉他们，难道我不懂父母的苦心吗？我哭得死去活来，但终究还是坚持没有说。供认校长先生的名字，我做不出这么可怕的事。

这是我有生以来第一次违背父母的命令。为了校长先生的名誉，我背叛了父母的仁慈……那时候我为什么没有发疯呢？

到了那天中午，我已经哭得筋疲力尽，躺回床上，吃了好多阿达林①，吓得两个妹妹脸色煞白。我一边想着最好就这样死掉，一边在她们的看护下睡去……

第二天，即三月二十二日，是我们第二十七届毕业生对校长先生的谢恩会。

啊，谢恩会……对我来说，那是多么可怕、多么悲惨、多么恐怖的谢恩会啊！

我还没有完全从安眠药中清醒过来，头脑一片混沌，怀着死也罢生也罢的念头，再一次进入母校的大门。

我想再看一眼校长先生，不知道他会用什么样的表情看我。天上地下我只有这唯一一个愿望……

校长先生同往常一样穿着那件旧大衣站在玄关，看到我的时候依然露出与往常一样的微笑。那依然是与往常一样高贵、慈祥的脸庞。

"啊，甘川同学，早上好。我刚好有几句话要和你说，趁现在有点儿时间……"

---

① 一种安眠药，长期服用可致慢性中毒。

校长先生的声音沉着冷静,牵着我的手走上正面的楼梯,把我带到二楼走廊尽头处的空教室的角落,然后依然带着那般亲切、高贵、慈祥的表情问:

"你觉得怎么样?你父亲和你说了吧?决定去大阪了吗?"

校长先生再度微笑起来。

校长先生的脸上丝毫没有两三天前记忆中的那般神情。柔和的脸上,皮肤闪闪发光,嘴角挂着犹如上帝般的微笑……甚至让我觉得,那一晚的事情该不会是梦吧?该不会是我做了什么荒谬的梦,陷入莫名的一厢情愿吧?

我脑海中一片混乱,也不知道在想什么、没在想什么,但我想我还是坚定地拒绝去大阪。那时候我并没有什么喜悦、悲伤、愤怒之类的想法,大概是我的大脑已经麻痹了吧。

然而校长先生并没有放弃。

"这是为你好……只要你接受这份工作,我可以担保你会有一桩好姻缘。喜欢运动的年轻绅士,正在报社里等着你呢……"

校长先生一遍遍地劝说我,语气越发亲切。在听这番话的时候,我悄悄抬眼看了看校长先生,却见他的眼神凛冽刺骨,透着食人鱼一般苍白、恶毒与冷酷的光芒。

看到那无法形容的冷酷、无情眼神的刹那,我差点儿忍不住尖叫"恶魔",恨不得一把揪住他的衣领。但我还是低下头,悄悄叹了一口气。因为我害怕自己在这个瞬间生出的心情,害怕自己要把一切搅到天翻地覆的想法。

这时候校长先生的话语又在我耳边响起,比刚才更加热切,仿佛是在祈祷一般。

"甘川同学,好不好?请认真考虑一下。如果你不去大阪,你知道会给你父母还有妹妹们带来多大的精神困扰吗?你的父母担心你这样下去很难组建幸福的家庭,过上满意的生活,为此整夜都睡不着觉。所以你想过自己未来到底要做什么吗?这是我发自真心的问题。我全心全意为你考虑,这份心意你能明白吗?"

这种符合校长先生身份的无上崇高、温情的话语,令我无比憎恨。怒火再度熊熊燃起,我有种想把一切砸烂的冲动。我下定决心,强压住身体的颤抖,开口说道:

"校长先生的心意,我完全明白。但还是请让我考虑几天。我绝不会做出违背校长先生心意的事情……"

这是我有生以来第一次说谎。

我这时做出的决定,并没有违背校长的心意。这时候我所做的决定,如果校长先生察觉到哪怕一点儿,恐怕都会当场气绝吧。

我望着校长先生那浑若无事、如同石头般顽固的表情,心中认定只有非同一般的手段才能逼迫校长先生反省。我意识到,如果我是火星来的女人,那么校长先生一定是来自土星的超级恶魔,所以不管采用什么手段都没有错,而且必须让校长先生产生发自心底的畏惧,这比杀了他更有震慑力。我必须让校长在这个地球上求生不得求死不能,比在油锅里煎熬更加难耐。这便是我的坚定决心。

我面带微笑,静静起身,走出教室。在门口恰好和窥探情形的虎间胖子撞个正着,不过我已经完全冷静下来,装作一无所知的模样,向她恭恭敬敬行了个礼,走下楼梯。校长和虎间老师似乎在后面商谈什么,不过我已经不再关心了。

我走进楼下被用作接待室的裁缝室,和同学们聊天、欢笑、分享点心，度过了一个多小时，这还是我有生以来第一次和大家如此融洽地聊天。在这段时间里，我忘记了自己的竹竿身材、忘记了自己的丑陋、忘记了自己是个"火星之女"，只剩下与大家依依惜别的心情，想多和大家面对面说话、欢笑、牵手。这一个小时恐怕是我这一生中最像个人且最快乐的时光吧。

随后举行的谢恩会，我必须略微花费一些笔墨，详细描写一下它的盛况。因为那是一场盛大的演出，将校长先生所行的世上绝无仅有的卑鄙行径，以令人目眩的美艳与高雅装点出来。除我之外，再没有一个人察觉……它也是针对我一个人的折磨与恫吓，是世上最为可怖、最为漫长的拷问。

首先是全校师生合唱《君之代》，从听到那无比纯真、庄严的音律开始，我就感觉浑身发冷，坐立难安，恨不得马上逃走。我从心底颤抖起来……"君之代的拷问"……

接下来是督学官殿宫先生代表家长上台发表精彩演讲。他极为流畅地一一举例介绍校长先生如何德高望重，演讲时满场弥漫着肃穆庄严的气氛。

关于校长先生铜像捐款事宜，在教务主任小早川老师做了报告后，由毕业生代表殿宫爱子同学——那时还一无所知的爱子同学，献上全额捐款的目录。校长先生的神情看上去平静中略带欣喜……

在川村书记的事务报告后，校长先生发表了感谢演讲，话语饱含深情，姿态庄严崇高，令人不禁感动落泪。正因为如此崇高，所以在那演讲背后，蕴含着任何诗人都想象不到的恶魔意味……

"我没有自己的孩子，所以我一直将你们当成自己真正的孩子。这五年来，你们的名字、容颜，乃至你们的性情，我都记得清清楚楚,你们那洁净无瑕、如同美玉般成长起来的模样,都深深刻在我的心底。然而此时此刻,我却要将如此纯洁的各位,送到浪涛汹涌、充满不公正的社会上。在这告别的日子里,我又怎么能保持平静呢?我又怎么能不心生感慨呢?正因为你们如此纤弱、美丽、温柔,所以我的心情甚至比那些要将英勇的儿子送上战场的母亲更加悲伤。

"毋庸置疑,人生就是战场。今天的社会被一切伟大的科学文明之力装点得异常美丽,然而若是深究真实的本质,就会发现它其实与野生动植物的世界——譬如热带雨林、原始森林或者非洲的黑暗地带一样,无论在精神层面还是物质层面,都充满了可怕的类似'吃或被吃'的生存竞争。从那无休无止的生存竞争中诞生的不公正的社会邪恶,在'吃或被吃'的意义上,充满了每个角落。尤其是你们这些心地善良的年轻人,必须从现在开始做好思想准备,充分意识到周围全都是深刻、危险、可怖的地方。

"我说过许多次,迄今为止的人类文化史,都是男性的文化史。而且那所谓男性的文化史,是从个人之间的角斗史开始,经过群体的武力斗争时代,进入如今的金钱斗争时代。换言之,在以往的武力斗争时代,为了击败敌人,无论任何邪恶的手段,都可以在不得已中获得允许。而同样地,在当今社会,为了金钱以及与之相伴的名誉和地位,只要不触犯法律、不为他人所知,那么无论如何毒辣、如何不人道的手段,都可以尽情去做。更极端地说,在现在的世界,无论是国际关系还是人际关系,如果不是无视良心、践踏人权的残忍冷酷者,就绝对不可能获得胜利。用这样的观点看待当今世界,恐怕也是没有什么大错的。

"换言之,现代的男性是黑暗斗争时代的斗士,是在用金钱战斗。唯有能无视良心、巧妙使出毫无道德的暴力和策略的男性,才能成为胜利者、统治者。做不出那些事情的善良人，只能成为弱者和失败者。这样的证据在日常生活中随处可见，简直令人眼花缭乱。因而不得不说，由爱好和平的妇女统治世界的时代，还在极其遥远的未来。

"所以，各位应当为自己生为妇女而欣喜。也许有人也知道，在净琉璃[①]《太合记》中，明智光秀计划谋杀主君、夺取天下，却遭到母亲和妻女反对。他斥责说'此非女子所知之事'。今天和那个时代一样，妇女将那些丑陋、邪恶的生存竞争，全都交给男性处理，不约而同地选择了独享美与爱的生活。妇女以纯真、纯美的爱之心，致力于烹饪、裁缝、育儿之事，努力美化与稳定家庭生活，教导子孙拥有正直、美丽的心灵。于是终于渐渐推翻了依靠体力和武力进行野蛮斗争的世界，创造出今天这样古人无法想象的幸福安乐的文明世界。

"所以，各位绝不要畏惧。我已经将崇尚和平的美德植入你们心中，将忍让与爱美的美德教给你们。各位要以这样的美德，与男性创造的这个残酷、没有人性、厚颜无耻的卑鄙世界战斗。这是你们的使命，也是自尚未有历史的远古时代以来，便深藏在你们心底的本能之传统。所以，你们应当依从你们美丽、温柔、崇尚和平与忍让的本能，早日将这个世界净化、良心化，进而早日建设人类发自内心崇尚和平的世界——由妇女的美德统治的世界。愿各位每日全力以赴地努力，让那样的世界早日到来。

"那并不困难，也并非难以理解。妇女在家庭中的美丽本能、纯洁无瑕的爱情，是唯一能与男性对抗的无敌武器。无论如何粗暴、

[①] 日本古典戏剧。

没有人性的男性，在一个被妇女的无尽顺从与无尽爱情守护的家庭里，也会发自内心地享受安宁与和平。于是在不知不觉中，强大的感化力被植入到他的心底深处。相反，在家庭里掀起纷争的夫人则是灾难之源。衷心期望各位早日拥有健全的家庭，培养许多纯洁、正直的孩子，令未来的日本尽可能地成为一个纯洁、开朗、正义、强大的国家。这是我永恒的愿望。

"为了这个愿望，我将一生都投入到这份事业中。我再重申一遍，各位都是我心爱的孩子。此时此刻，我将你们这些孩子送入社会，投身于这场无比神圣的战斗中，我的心情……依依惜别……"

校长先生的话说到这里，全场爆发出如同雷鸣般的热烈掌声，还有持续许久的抽泣与叹息……

然后，和毕业典礼时一样，唱起了令人泪流满面的《萤之光》。

啊，多么令人感动的场景，多么崇高伟大的校长先生啊！

谢恩会结束后，我在回家的路上拜访了殿宫督学官的府邸，见到了学校的第一美女及第一优等生殿宫爱子。我说自己有很重要的秘密告诉她，两个人躲进客厅。

在学校里，殿宫爱子是我无比重要的亲密之人。在朋友中，只有她才真正理解什么是诗。我们也常常偷偷瞒着他人见面。在那用作仓库的废屋二楼，我们也曾不止一次讨论关于虚无的话题。不过我还是第一次拜访她家。

殿宫爱子真是一个坚强的人。在听我讲述的过程中，她没有惊讶，也没有哭泣，只是紧紧咬着美丽的嘴唇，灵动的双眼微微泛红，闪耀着光芒。她平静地听着我的漫长讲述，直到我讲完时，噙着泪花的眼中才落下两三滴眼泪。她开口说话时，声音悦耳平静，语气也显得深思熟虑。

"谢谢你,歌枝。多亏了你,许多我一直不理解的事情,现在终于明白了。我第一次知道自己的亲生父亲是谁。你想让森栖校长反省,我要感谢你这么做。虽然我不知道你想怎样复仇,但正如你所说的,如果私下让他反省,这种意义的复仇我认为非常有益。具体方法由你决定。不管是什么方法,我都不会怨恨你。而且,如果父亲……校长先生即使那样都不肯反省,我一定会把你留下的信件按照你的指示发出去。嗯,我不会看信件的内容,不管对谁……就算对我母亲,也不会挑明这个秘密,请你放心。我完完全全信任你。除了协助你报仇雪恨之外,我也不知道有什么办法偿还父亲的……父亲的罪孽……

"但是……但是无论如何,你到了大阪之后,一定要写信给我……一定一定……"

爱子说到这里,眼泪终于滚滚而落。她顾不上擦拭,紧紧握住我的手。那是感慨万千的握手……

于是,我的准备工作做完了。

当我答应去大阪时,父母非常高兴,校长先生也特地来到我家对我表达赞许,这些都令我不堪忍受。那时我趁机提出一个无礼的要求——我自己一个人出发,马上就走,但不要让任何人知道我去大阪,也不要通知大阪的报社分部。这个任性的要求立刻得到了应允。

但我并没有去大阪。

谢恩会那天傍晚,我换上崭新的洋装,只带了一个手提包,与父母告别,出了家门径直前往殿宫督学官的府邸,借口自己马上要去大阪,强行把爱子约出来,和她一起去了西洋亭,享用了一顿丰盛的晚餐。然后去现代照相馆拍了纪念照，在照相馆的包厢里紧紧相拥。我们泪流满面，直到彼此都看不清对方的脸庞。

然后，对我的计划一无所知的爱子，一定要将我送去车站。无奈之下，我只好装作前往大阪的样子，上了火车，但随即便在中途的车站下车，乘汽车返回，住进郊外一家冷清的旅馆。随后我换上在附近二手服装店买来的黑色西服、黑色毡帽、黑框眼镜，一身黑色打扮，模仿男人的走路方式，开始悄悄跟在校长身后。我手中的手提包里装着结实的长麻绳、蒙面用的黑包袱巾，还有惯用的旧式柯达相机、最新式的小型闪光灯、火柴，以及裁切相纸用的安全剃刀的刀刃。前一晚，我在旅馆房顶上用这些东西做了练习。对校长而言，那将是比手枪、毒气乃至任何东西都更加可怕的复仇武器。

这种事情，校长先生做梦也想不到吧？不仅如此，他还以为把我赶去大阪，就可以高枕无忧了吧？第二天傍晚，校长先生一身外出的打扮，身穿正式的礼服，头戴圆顶礼帽，郑重地抱着装有文件的公文包，离开住处，沿着暮色中的街道匆匆来到郊外，走向天神林的方向。我按捺着激动的心情，悄悄跟在后面。果不其然，两位身穿和服的绅士正等在天神林。一位身材颀长，一位矮矮胖胖。到了近处细看，果然和我猜测的一样，正是美男子殿宫督学和佝偻的川村书记。那时候我的欣喜真是难以形容。

树林外的国道上停着一辆熄灯的敞篷车，里面有三个年轻的艺伎。我发现了那辆车，便将手提包系在腰间，飞快地用黑包袱巾裹住脸，趁着天黑，在三人上车时迅速跳进放置备胎的空间，缩起身子随着汽车摇晃而去。那汽车所去的地方，正是我推测的温泉旅馆，那无比的安心和满足，还有冒险心与好奇心，令我非常兴奋、雀跃不已。因为我的复仇从一开始就把温泉旅馆定为目标，做了仔细的研究和计划。而在第一天的一开始,事情便完全按照我的设想展开……

不过这时候我恰好又想到一个恶作剧。不知道汽车里的诸位会受到怎样的惊吓……

也许真是天助我也,那是一辆敞篷的雪佛兰。而且我还恰好准备了安全剃刀的刀刃,这个巧合也许可以算是一个奇迹。他们在摇摇晃晃的汽车里调笑嬉闹,完全没有注意到我用安全剃刀的刀刃在后窗周围划了一个"U"字形的洞。

我从那洞口伸手进去的时候,校长先生刚好从背后抱住最左边那个最可爱的艺伎,于是我摘下那个艺伎的花簪,还有歪戴在校长先生头上的圆顶礼帽,从车上纵身跳下,转身逃走。那时我的跑步天赋发挥了重要的作用。在夕阳西下的平坦国道上,年轻的司机一路大喊"小偷、小偷",拼命追在后面。

我右手拿着花簪,左手抱着手提包,嘴里叼着帽子,还没跑到气喘吁吁的时候,追在后面的人就已经被我远远甩开了。于是我回到城里,悄悄叫出惊讶的殿宫爱子,将我在复仇中意外获得的东西告诉她,两个人都深感欣喜。

因此,那个圆顶礼帽和花簪此刻应该还在殿宫爱子手里。您若是读到这封信,可以马上去爱子处索回。不过我不知道那会是怎样的戏剧性场面……

不过我真正的目标还未完成。因为我非常清楚,仅凭这点儿小事,远不足以让校长先生反省。

"爱子,如果校长先生真心忏悔,向你母亲道歉的话,就把这顶帽子和花簪还给他;如果校长先生没有拿回去的话,你就和母亲商量，随便怎么处置这两件东西……"

留下这句话，我随即雇了一辆厢型汽车，径直赶往温泉旅馆。

啊，温泉旅馆……那家著名的温泉旅馆，正是我曾经在好奇心的驱使下，搭乘火车来过好几次的地方。那时候我还没想到要对校长先生复仇，我久久地凝视着这座自己曾经从里到外仔细看过、探索过的建筑。这次的工作——我为之舍弃人生的工作，唯有在这里才能完成。

我相信校长一行人多半不会就此折返。究竟是什么人、出于什么目的，搞出在敞篷车后窗上开洞的恶作剧，他们应该一无所知。况且他们以为我早就去了大阪，更不可能想到我身上。此外，三个人好不容易聚到一起，怎么会因为一点儿小小的惊吓就中止今晚的计划呢？我有九成九的把握相信，他们虽然会为那天方夜谭般的无妄之灾吃惊，但在吵闹一阵之后，还是会匆匆赶往目的地。

所以我让汽车稍稍开过温泉旅馆，在前面的汤川桥头停下。

随后我沿着狭窄的小巷来到温泉旅馆三楼的侧面，躲在那昏暗围栏的后面竖起耳朵偷听，直到高高的三楼窗户里透出明亮的光线，还隐隐传来校长先生的笑声，我才轻抚胸口，放下心来。随后我立即翻过围栏，由安全梯爬上三楼的紧急出口，再由那里沿着结实的铜制排水管从屋檐爬上房顶。虽然我是"火星之女"，但在翻上屋顶的那一刻，低头看到下方石灯笼照耀下的花岗岩小路，还是不由得冒出了冷汗。

我千辛万苦终于爬到红瓦房顶的最高处，从嘴里咬着的手提包中取出麻绳，将麻绳正中间绑在屋顶中央的避雷针底部，将一端缠在自己身上，拉着绳子从陡峭的红瓦房顶往下滑，再从屋檐尽头的雨水槽处探出头来，透过正下方的旋转窗，窥探屋内的景象。

温泉旅馆的三楼整体上就像一座眺望用的包厢。也许是因为快要下雨、天气闷热，上半部分的窗户全都开着，因而房间里的状况一览无遗。

那房间里的景象远远超乎我的想象。我没有勇气将之详细描述出来，只能在这里写下必要的部分。

房间里有高大的棕竹、芭蕉、美人蕉，还有各种奢华的长沙发。在金碧辉煌的房间里，除了体格健壮的殿宫督学、裸露着背上可怕白瘤的川村书记、秃头毛熊般的校长先生、开车带来的三个年轻艺伎之外，还有两个年长的女性，大约是当地的艺伎。围绕着那五个下贱的女人，房间里一派疯狂乱交的模样。那形态和声音已然分不出是人是兽，他们又叫又跳，翻来滚去，忽而爬行，忽而哭泣。

一时间，我看着那副光景目瞪口呆。

我想起校长先生说的"现代文明是为了男性而存在的文明"。有生以来第一次看到那种妖魔般的人与美女们的狂舞，令我震惊到不敢相信。过了半晌我才回过神来，把身体倒挂在屋檐上，冷静地调准柯达相机的焦距。然后我故意划燃一根火柴，趁所有人看向我这边的刹那，打开闪光灯。我想那耀眼炫目的白色光芒一定照亮了整个房间。

我把闪光灯丢到下方的茂密树林里。在长沙发上玩耍的女人中，有人发出"哇哇"的尖叫，拿起衣服匆忙套上。

"刚才那是什么？"

"好可怕的光。"

"好像还有'啪啪'的声音。"

"是流星吗？"

"胡说，今天晚上云那么厚。"

"不，流星有可能穿过云层落下来。因为光很强，看起来就像近在眼前一样。我以前看过一次，很小的时候……"

"今天晚上怎么总有怪事？"

"看起来好像就在窗户外面。"

校长先生说着话，慢悠悠来到窗边。

刹那间我觉得很好笑，随即马上又想到一个恶作剧。

我把相机和手提包丢到深深的雨水槽里，迅速解开头发，让蓬松的长发垂下来，又用黑包袱巾遮住胸前的衬衫，大胆地把半个身子探出屋檐。倒垂的长发披散下来，我用尖锐得令人窒息的悲伤声音惨叫：

"森栖校长——嘿嘿——嘿嘿嘿——"

借着房间里透出的明亮灯光，校长看到了窗外的我的脸。他抓住窗框，两眼瞪得几乎凸出来，死死盯着我看。他依然无耻地赤裸着身体，白色的舌头从大张的嘴里垂下来。那副模样太过可笑，我忍不住放声大笑起来。

"哦呵呵！哈哈哈哈！嘿嘿嘿嘿！"

房间里的人被我的笑声吓得毛骨悚然。

"那是……"

"呀！救命！"

"快来人！"

一个女人惊叫着四处逃窜，最后抱着别人的衣服跑了出去。另一个女人倒在门口，直接滚出房间。还有人在沙发上晕了过去。椅子倒了，桌子翻了，杯子、盘子都摔碎了，还有空瓶子滚来滚去的声音。

午夜时分，在三楼房顶上看到一个头发倒垂、放声大笑的女人，任谁都会以为是鬼吧？

过了半响，混乱终于平息下来，只剩下依然怔怔与我对视的校长先生，还有呆若木鸡的殿宫督学和川村书记。我扫视这三个模样如此滑稽的人物，又一次发自内心地放声大笑。

"呵呵呵呵！哦呵呵呵呵！你们知道我是谁吗？校长先生，殿宫先生，川村先生，我是'火星之女'哟……哦呵呵呵呵，呵呵呵呵！咦嘿嘿嘿嘿！啊哈哈哈哈……"

校长先生双眼翻白，舌头耷拉下来，如同大地震时的佛像一样仰面朝后倒去。其余两人看也不看他，依然目瞪口呆地盯着我。我拉着绳子，回到屋顶的最高处，趴在屋顶上长出一口气，让自己定下神来。

我意识到自己这时候已经很累了，也不知道还能不能站起身来。但我不能一直这样休息下去。大约是逃走的艺伎穿好衣服后通知了旅馆的人，下方传来闹哄哄的声音，还有两三盏老旧的应急灯笼的光在下面照来照去，不过我一点儿也不慌张。

我把重要的相机放进手提包，用嘴牢牢咬住，没有去管系在避雷针上的绳索，沿着登上屋顶高处时的反方向，来到另一侧的边缘。我仰头看到云层间泄出的美丽星光，不知为什么胸中一阵疼痛，泪水涌上眼眶。我突然生出一种冲动，想要冲下屋顶的斜坡，直接跳到庭院的黑暗小路上一死百了。但我听到下方传来有人登上安全梯的脚步声，于是重新打起精神，沿着一直拉到脚下的收音机天线，落到旁边楼房的二楼屋顶上，然后跳到屋顶旁边的一棵大松树的树枝上，再跳到围栏外面，从田畦中间的田埂小路穿过，抄近道一直跑到温泉铁路的车站，勉强赶上了末班车，不到一个小时便回到了城里的旅馆。

我住的房间里已经铺好了床，枕边还放了一壶味道如同苦涩药物的凉茶。我顾不上坐下，站着一口气喝了好几杯。和刚才在温泉旅馆房顶的时候相反，我感觉此时的自己充满了勇气。

那天晚上，我异常顺利地把所有底片都冲洗出来。虽然只是小小的底片，但甚至不用放大，便可以清晰地看到放浪形骸的三个男人和五个女人震惊地看向镜头的情景。早知如此，我就不用冒险去偷帽子和花簪当作日后的证据了。想到这里，我不由得一个人笑了起来。我一直睡到第二天将近中午，心满意足地好好休息了一场。

今天我过了中午才起床，立刻火速动笔写这封信。信很长，而且要写三封，也许会写到半夜，也许会写到天亮。不过我不在乎。我要赶在天亮之前，把昨天晚上的照片分别冲洗三四张，附在每封信里。

我会把这三封信装进写着不同收件人的信封里，并附上便笺，说明寄送的顺序，一起封好，在明天（二十六日）晚上，在整个城市都进入梦乡的时刻，投到爱子家的信箱里。

然后，我会带上很早以前从学校的化学教室里偷的××××和脱脂棉，还有昨天买的△△△△和△△△，潜入母校那栋充满回忆的废屋。

我会把收在那里的稻草、竹子，以及用硬纸板做的运动会用品堆积起来，洒上△△△△，然后把蜡烛放在洒了△△△△的榻榻米上，让那里足以在二十分钟内化作火海。然后我打算用充分浸泡了×××的脱脂棉捂住脸，钻到堆积的燃料下面。我哪怕闻到挥发油都会头晕，所以闻那么多××××的话，估计还没等到起火就会因为过度麻醉而死去。

森栖校长先生……

我要用这种方式报答您让我成为女人的恩情。同时，我也要让我心底最牵挂的人殿宫爱子，尽真正的孝道。我必须这样清算一切，否则我便无法回归真正的虚无。

请收下"火星之女"的纪念品——焦黑少女的尸体。

因为我的肉体永远属于您……呸！